Andrea Fazioli vollendet Friedrich Glausers Ascona-Fragment – und ein hundert Jahre alter Fall wird endlich gelöst: Ascona 1921, einer der heißesten Sommer seit Menschengedenken. Studer, Kommissär aus Bern, macht mit seiner Frau Urlaub am Lago Maggiore. Die Ruhe ist himmlisch – bis Studer von einem Mann angesprochen wird. Er ist Schriftsteller, kommt auch aus der Deutschschweiz und bittet den Polizisten um Hilfe: Am Waldrand, nicht weit von seiner bescheidenen Behausung, wurde eine Leiche gefunden. Studer beginnt Erkundigungen über das Opfer einzuholen: eine ausländische Tänzerin, die mit einem abgehalfterten Baron befreundet war und in der Nachbarschaft der exzentrischen Künstler vom Monte Verità lebte …

Andrea Fazioli
Friedrich Glauser

Wachtmeister Studers Ferien

Kriminalroman

Aus dem Italienischen von
Franziska Kristen

Atlantis

Die italienischsprachige Originalausgabe erschien 2020
unter dem Titel *Le vacanze di Studer. Un poliziesco ritrovato*
im Verlag Edizioni Casagrande, Bellinzona.

www.atlantisverlag.ch
Lektorat: Christina Neiske
Covergestaltung: Lara Flues
Coverabbildung: © shutterstock / QatlasMaps
Satz: Tristan Walkhoefer, Leipzig
Gesetzt aus der Stempel Garamond LT / 220130
Druck und Bindung: GGP Media GmbH, Pößneck
Auch als E-Book erhältlich
ISBN 978 3 7152 5007 6

Mit mir steht's bös. Hierüber ist kein Zweifel möglich. Früher war's einfach, da annoncierte ich jeweilen: »Junger Mann sucht Beschäftigung.« Heute muss ich annoncieren: »Leider nicht mehr junger, sondern bereits etwas ältlicher, abgenutzter Mann fleht um Erbarmen und Unterschlupf.«

Robert Walser
Das letzte Prosastück

1

Tod

Man muss abwarten

Ich hatte mich zum Lesen auf den Balkon im ersten Stock gesetzt, als auf der Straße unter mir ein Mann stehen blieb und mich fragte, ob ich ihm bitte das Leben retten könnte. Es war ein stämmiger Mann, mit grauem Haar und breitem, von Falten zerfurchtem Gesicht.

Zuerst dachte ich, ich hätte ihn falsch verstanden.

»Verzeihung«, fragte ich, »kann ich Ihnen behilflich sein?«

»Sie können mir behilflich sein zu leben.«

Ich legte mein Buch beiseite (es war ein Roman von Simenon, wenn ich mich recht erinnere) und sah auf die Straße, den Parkplatz, das Rondell mit dem Brunnen in der Mitte. Niemand sonst war zu sehen. Es war ein strahlender Märztag. Der Mann, um die siebzig, trug einen für die Jahreszeit unpassenden dunkelgrauen Dufflecoat. Er reckte den Kopf zu mir hinauf und schirmte mit einer Hand die Augen gegen die Sonne ab.

»Ich versichere Ihnen, dass es sich um ein seriöses Anliegen handelt. Möchten Sie meine Visitenkarte sehen?«

Mit diesen Worten zog er ein Kärtchen aus der Tasche und streckte es mir entgegen. Ich merkte, dass es zu spät war, um abzulehnen, also beugte ich mich vor und zeigte dem Mann die Eingangstür. Dann ging ich nach unten, um zu öffnen. Wortlos reichte er mir das Kärtchen.

Aurelio Cattaneo
Anarchistischer Dichter,
Legionär, Gastwirt

Mehr nicht. Auf der Rückseite eine Adresse: »Ronco Pizzotti, 6721 Ludiano, Schweiz«. Cattaneo sah mich unverwandt an, als warte er auf einen Kommentar meinerseits. Ich sagte, ich sei erfreut, ihn kennenzulernen, und mein Name sei …

»Ja«, unterbrach er mich. »Sie heißen Fazioli. Schriftsteller. Ich kenne Sie.«

Da ich nach wie vor das Kärtchen in den Händen hielt, begann ich mit dem Nächstliegenden.

»Sie sind Gastwirt?«

»Ja, ich war zu alt geworden, um in der Welt herumzureisen. Inzwischen bin ich auch zu alt für die Gastwirtschaft. Ich kann von einem Tag auf den anderen sterben, wissen Sie?«

Und nach einer kurzen Pause: »Wie übrigens wir alle.«

Daraufhin bot ich ihm einen Kaffee an. Er willigte ein, vorausgesetzt, ich hätte einen Schuss Grappa für einen Caffè Corretto. Wir nahmen am Küchentisch Platz.

»Ich habe einige Manuskripte für Sie.«

»Manuskripte? Aber wollten Sie nicht, dass ich Ihnen das Leben rette?«

War er am Ende ein Schriftstellerneuling? Vielleicht hatte er den Roman seines Lebens verfasst und wollte eine Meinung einholen. Oder aber, was öfter der Fall ist, ihn interessierten gar keine Meinungen, sondern es ging ihm nur ums Veröffentlichen.

»Wie Sie sicherlich wissen«, sagte er, wobei er mich nicht aus den Augen ließ, »können Worte Leben retten.«

»Da bin ich mir nicht so sicher.«

Er überging meinen Einwand: »Ich habe keine Wurzeln. Meine Großmutter ist jung gestorben, und meine Mutter wuchs in einer Pflegefamilie auf. Sie behielt jedoch den Namen ihres Vaters, also meines Großvaters: Cattaneo. Auch ich heiße Cattaneo, da mein Vater unbekannt blieb.« Er goss noch ein wenig Grappa in seinen Kaffee. »Und mein Großvater … war in der Fremdenlegion. Wie ich.«

Er deutete auf das Abzeichen an seinem Jackenkragen: eine flammende Granate auf rot-grüner Flagge.

»Meine arme Mutter ist vor einem Jahr gestorben, mit neunundneunzig Jahren. Damals, als ich mir endgültig keine Hoffnungen mehr darauf machte, bin ich wieder auf meinen Großvater gestoßen.«

Unter den Dingen, die seine Mutter hinterlassen hatte, befand sich auch ein Koffer oder Karton (das habe ich nicht richtig verstanden), der von seinem Großvater stammte. Offenbar hatte dieser ihn kurz vor seinem Tod aus Marokko geschickt. Er war voller Papiere und Krimskrams. Cattaneos Mutter, die damals mit dem neugeborenen Sohn völlig in Anspruch genommen war, hatte ihn nie geöffnet, sondern lediglich das zusammen mit dem Koffer angekommene Geld verwendet.

»In eines der Hefte hatte mein Großvater geschrieben: *Il faut attendre il faut attendre / Il faut attendre d'autres jours.* Man muss abwarten. Aber es sind über siebzig Jahre vergangen, und bevor ich sterbe, möchte ich die Wahrheit erfahren.«

»Haben Sie die Manuskripte denn nicht gelesen?«

»Es ist ein riesiger Berg, auf Deutsch, Italienisch, Französisch. Ich bin alt und sehe schlecht. Sie dagegen sind jung, Sie könnten alles schriftlich in Reinform bringen. Natürlich gegen Bezahlung.«

»Nun ja, ich weiß nicht, ob …«

»Ich habe bereits Kontakt mit einem Verleger aufgenommen.«

»Was?«

»Bitte, Sie können mir das Leben retten … Sie müssen nur schreiben! Sie können doch schreiben, oder?«

Ascona-Roman

Ich habe beschlossen, diese Geschichte nicht selbst zu erzählen.

Zwar bin ich es gewohnt, Romane zu schreiben, aber hier geht es um historische Recherchen. Die Manuskripte beziehen sich auf dokumentierte Ereignisse, auf Orte und Personen, die real existieren (oder vor hundert Jahren existiert haben). Ich habe daher beschlossen, sie so zu lassen, wie sie sind, damit sich beim Lesen jeder ein eigenes Bild von der Angelegenheit machen kann.

Zu Beginn werde ich einen E-Mail-Verkehr wiedergeben, zu dem es einige Tage nach Cattaneos Besuch kam. Ich hatte immer wieder die Visitenkarte zur Hand genommen, aber etwas machte mich stutzig. Dass er eine Gastwirtschaft hatte, traf sicher zu, aber war er wirklich in der Fremdenlegion gewesen? Und was bedeutete »anarchistischer Dichter«? Dann bekam ich eine E-Mail, die mir einige Antworten lieferte. Zusammen mit vielen neuen Fragen.

Von: Magda (magda@casagrande.ch)
An: Andrea (info@andreafazioli.ch)
Gesendet: 11. März, 10:02
Betreff: Ascona-Roman
Lieber Andrea, wie geht es dir? Wir sind hier sehr mit der Book Pride beschäftigt. Wirst du auch vor-

beischauen? Ich schreibe, um dir eine etwas verrückte Idee zu unterbreiten ... Wir haben kürzlich ein unveröffentlichtes Manuskript von Friedrich Glauser erhalten: wenige Seiten, eigenhändig von ihm unterzeichnet und auf seiner Schreibmaschine getippt. Es sind Fragmente eines Kriminalromans, der bei Ascona spielt, mit Wachtmeister Studer als Hauptfigur. Wir dachten uns (und jetzt kommt die verrückte Idee): Und wenn wir sie übersetzen lassen und dann Fazioli fragen, ob er sie zu einem Roman vervollständigt? Denk drüber nach, dann sprechen wir uns. Magda

Von: Andrea (info@andreafazioli.ch)
An: Magda (magda@casagrande.ch)
Gesendet: 11. März, 12:34
Betreff: Re: Ascona-Roman
Hallo Magda! Alles gut bei mir, danke! Danke auch für deinen Vorschlag, aber es ist nicht so einfach, Glausers Worten etwas hinzuzufügen. Wie seid ihr an das Manuskript gekommen?
Bis bald, Andrea

Von: Magda (magda@casagrande.ch)
An: Andrea (info@andreafazioli.ch)
Gesendet: 11. März, 13:15
Betreff: Re: Re: Ascona-Roman
Anhang: Glauser_Ascona-Roman.doc
Das Manuskript war hier, im Tessin ... seit siebzig Jahren! Ein gewisser Cattaneo hat es gefunden: Es befand sich unter verschiedenen Dokumenten seines Großvaters, der Glauser in der Fremdenlegion kennengelernt

hatte. Wie im Film, oder? Ich habe Gabriella de'Grandi gebeten, die Texte ins Italienische zu übersetzen, aber fürs Erste schicke ich dir eine Kopie der deutschen Originale, damit du dir einen Eindruck verschaffen kannst.

Von: Andrea (info@andreafazioli.ch)
An: Magda (magda@casagrande.ch)
Gesendet: 11. März, 13:18
Betreff: Re: Re: Re: Ascona-Roman
Soviel ich weiß, war auch Aurelio Cattaneo in der Legion. Hat er euch nur den unveröffentlichten Glauser oder auch die Manuskripte seines Großvaters gegeben?

Von: Magda (magda@casagrande.ch)
An: Andrea (info@andreafazioli.ch)
Gesendet: 11. März, 13:18
Betreff: Re: Re: Re: Re: Ascona-Roman
Ich glaub, er hat uns nur den Glauser-Text gegeben. Dann kennst du ihn also?

Von: Andrea (info@andreafazioli.ch)
An: Magda (magda@casagrande.ch)
Gesendet: 11. März, 13:21
Betreff: Re: Re: Re: Re: Re: Ascona-Roman
Vor ein paar Tagen ist er bei mir zu Hause aufgetaucht und hat mir erzählt, er habe einen Koffer voller Manuskripte. Er ist davon überzeugt, dass ich seiner Existenz einen Sinn verleihe, wenn ich die Geschichte seines Großvaters aufschreibe.

Von: Magda (magda@casagrande.ch)
An: Andrea (info@andreafazioli.ch)
Gesendet: 11. März, 13:22

Betreff: Re: Re: Re: Re: Re: Re: Ascona-Roman
Merkwürdig. Bevor Cattaneo gestern gegangen ist, hat er noch bei Fabio im Büro vorbeigeschaut. Ich versuche mal herauszufinden, ob der mehr weiß.

Von: Magda (magda@casagrande.ch)
An: Andrea (info@andreafazioli.ch)
Gesendet: 12. März, 09:18
Betreff: Mysteriöse Manuskripte
Hallo Andrea, tut mir leid, aber Fabio war in einer Besprechung. Heute Morgen hat er mir erklärt, dass Cattaneo im Tessin geboren wurde und später viel in der Welt herumgekommen ist, wobei man nicht genau weiß, wovon er eigentlich seinen Lebensunterhalt bestritten hat (vielleicht als Legionär). Nach seiner Rückkehr hat er einige »anarchistische Gedichte« verfasst. Jetzt ist er Betreiber eines Grottos. Er hat Fabio erzählt, er habe eine Kiste mit sämtlichen Manuskripten seines Großvaters geerbt, zusammen mit den Texten von Glauser. Fabio findet es ganz normal, dass er ein bisschen durcheinander ist, angesichts der bewegten Familiengeschichte. Sie haben auch über dich gesprochen. Cattaneo fände es gut, wenn du Glausers Manuskript fortsetzen und gleichzeitig die Geschichte seines Großvaters schreiben würdest … Aber als Verlag beschränken wir uns auf Glauser!

Von: Andrea (info@andreafazioli.ch)
An: Magda (magda@casagrande.ch)
Gesendet: 12. März, 10:00
Betreff: Re: Mysteriöse Manuskripte
Hat er etwas über die bewegte Familiengeschichte gesagt? (Tut mir leid, wenn ich dir die Zeit stehle, aber ich bin neugierig …)

Von: Magda (magda@casagrande.ch)
An: Andrea (info@andreafazioli.ch)
Gesendet: 12. März, 11:30
Betreff: Re: Re: Mysteriöse Manuskripte
Anhang: Glauser_AsconaRoman_GdG.doc
Aber ich bitte dich, das bin ich doch selbst. Ich habe Fabio nach Details gefragt. Aurelios Großeltern hießen Fredo und Anja (wie Anja mit Nachnamen hieß, weiß Fabio nicht). Die beiden haben Ada Cattaneo in die Welt gesetzt. Aber Fredo hat sich kurz nach der Geburt des Mädchens aus dem Staub gemacht, und Anja ist ums Leben gekommen, als Ada noch klein war. So ist Ada bei einer Familie in Ascona aufgewachsen. Sie selbst hat wiederum Aurelio geboren, mit unbekanntem Vater. Vor einem Jahr ist Ada in hohem Alter gestorben, und Aurelio hat stapelweise Papiere geerbt. Stell dir vor, was für ein Zufall: Das unveröffentlichte Manuskript eines der größten Autoren der Schweiz kommt auf einem staubigen Dachboden zum Vorschein. Gabriella war begeistert von der Idee, den Text zu übersetzen. Sie hat sich bereits an die Arbeit gemacht, ich schicke dir die ersten Seiten im Anhang mit. Wollen wir uns nach der Book Pride treffen, um alles zu besprechen?

Von: Andrea (info@andreafazioli.ch)
An: Magda (magda@casagrande.ch)
Gesendet: 12. März, 12:25
Betreff: Re: Re: Re: Mysteriöse Manuskripte
Einverstanden. Ich fang dann schon mal an zu lesen.
Bis bald!

Erste Begegnung

Eine Villa in unmöglichem Stil, Flachdach, rechts und links vom Eingang zwei Türme, mit roten Ziegeln bedeckt. Auf einem schwarzen Marmorschild in Goldbuchstaben: »Pension Mimosa«. Ein offenes Fenster im ersten Stock umrahmt den massigen Oberkörper eines Mannes; das Gesicht des Mannes ist merkwürdig schmal und mager, ein brauner Schnurrbart bedeckt den Mund. Der Mann raucht eine Brissago und schaut auf den See, der weit unten sich ausbreitet, blau, wie eine angelaufene Stahlplatte.

Ich möchte das Gästebuch sehen. Es stimmt, der Graf hat mich nicht angelogen.

»Im ersten Stock«, sagt der Portier, »Zimmer zwölf ...« Er spricht Deutsch, was für eine Fremdenpension in Locarno eigentlich selbstverständlich ist.

»Studer, Jakob, Kommissär an der Stadtpolizei Bern.«

Etwas möchte ich gerne wissen, aber ich habe vergessen, gestern Abend danach zu fragen: Wieso hat der Graf, der während des Krieges Militärattaché an der deutschen Gesandtschaft in Bern war, die Bekanntschaft des Polizeikommissärs gemacht? Und hätte ich die Frage auch gestellt, der Graf hätte mir wohl die Antwort verweigert ... Der Graf kann sehr diskret sein ... Ich bin neugierig, ob der Berner Polizeikommissär mir helfen kann, ich bezweifle es sehr, denn er ist ja in den Ferien, und schließlich geht ihn ja der Fall nichts an … Aufzuklären hat ihn die Tessiner Polizei, aber die ist erstens ungeschickt, und zweitens spricht sie schlecht Deutsch – mein Italienisch aber ist so mangelhaft, dass es immer wieder Missverständnisse gibt – der Graf hat mir gesagt, dass der Berner Polizeikommissär mit den Tessinern gut stehe …

Warum hat die Frau auch gerade fünfzig Meter von meiner Mühle den Tod finden müssen? Die unbekannte Frau? …

»Numme iche …«, sagt eine tiefe Stimme. Und dann bleibe ich im Türrahmen stehen. Der Zugwind reißt an den Gardinen, durchs Fenster sieht man die Berge ob Magadino, sehr dunkel, sehr grün …

Das Fenster hat ein eisernes Gitter, das dem Mann mit der Brissago etwa bis zur Brust reicht, er hat mir zuerst nur den Kopf zugewandt, jetzt dreht er sich ganz um, lehnt sich gegen das Eisengitter, nimmt die Brissago aus dem Munde … In einer Ecke des Zimmers ist eine Frau damit beschäftigt, einen Koffer auszupacken und Wäsche in einem Schrank zu verstauen …

»Was weit-r?«

Ich stelle mich vor, ein wenig stotternd, nenne den Grafen, der mich hierherverwiesen hat, und frage schüchtern, ob ich den Herrn Kommissär nicht allein sprechen könne … Blick auf die Frau … Der Mann nickt, zieht an seiner Brissago, sie ist ausgegangen, er zündet sie an, sagt dann ruhig: »Emmy, los«, und sie solle nur go z'Morge näh, er werde nachkommen … Die Frau nickt, drückt sich an mir vorbei zur Tür hinaus und schließt dann die Tür hinter meinem Rücken …

»Und?«, fragt der Mann. Er ist stehen geblieben, hat seine Ellenbogen auf das eiserne Gitter gestützt und betrachtet mich blinzelnd. Ich kann sein Gesicht schlecht sehen, der Morgen hinter ihm ist sehr hell, darum wirkt der längliche Kopf wie ein Schattenriss.

»Hocked ab …«, sagt der Mann.

»Ja, Herr Kommissär …«

Es kommt mir vor, als verziehe sich sein Gesicht, dann sagt er, er halte nichts von Titeln, ich solle nur ruhig »Studer« zu ihm sagen, in Bern (»Bäärn«, sagt er) seien nur die »Bundeshüüsler« auf Titel erpicht, aber er sei ein einfacher Mann, außerdem in den Ferien … Ob ich auch Berner sei?

Ich nicke. – Und wie ich denn die Bekanntschaft des Grafen gemacht habe?

Wie man eben so Bekanntschaften mache, erwidere ich. Der Graf habe sich in Ascona niedergelassen, er habe ein kleines Haus gemietet, in dem er mit seiner Frau wohne, er verkehre viel mit uns …

»Uns?«

Ja, wir seien eine kleine Gesellschaft von Künstlern, zwei Maler, eine Graphikerin, eine Tänzerin, zwei Schriftsteller, und dann sei ich noch da, ich schriebe auch … Der Graf interessiere sich sehr für Kunst, und als ich ihn gestern Abend wegen des Mordes, der in der Nähe der Mühle passiert sei, in der ich wohne, um Rat gefragt habe, weil ich mich mit der Tessiner Polizei so schlecht verständigen könne, habe mir der Graf gesagt: »In Locarno ist augenblicklich einer meiner guten Freunde in den Ferien, ein Berner Polizeikommissär namens Studer, der mir seinerzeit viel geholfen hat, gehen

Sie zu dem Manne, der wird auch Ihnen helfen.« So habe der Graf gesprochen, und darum hätte ich mir erlaubt, den Herrn Kommissär – eh, den Herrn Studer aufzusuchen …

»Mord?«, fragt der Mann, ohne die Grüße, die ich vom Grafen bestelle, zur Kenntnis zu nehmen. – Wer denn ermordet worden sei? …

Gerade das wisse ich nicht. Eine Frauenperson, fremder Herkunft scheinbar, denn niemand aus unserem Kreise habe sie identifizieren können, sie sei etwa fünfzig Meter von dem Hause, das ich an der Straße bewohne, die von Arcegno nach Ronco führe, aufgefunden worden …

»Wann?« Der Kommissär Studer stellt die Frage, ohne mich anzublicken, er sucht nach einem Stuhl, findet einen neben dem Bett, setzt sich, die Beine gespreizt, und stützt die Unterarme auf die Schenkel. Ich kann nun sein Gesicht besser sehen: Die Lider sind halb geschlossen, er blickt zu Boden. Die erloschene Brissago hält er zwischen Zeige- und Mittelfinger …

»Gestern Morgen um fünf Uhr …«

»Von wem?«

»Von einem gewissen Heinrich Gösch, einem sonderbaren Mann, eigentlich meinem unmittelbaren Nachbarn, er bewohnt am Anfange des Dorfes Ronco, etwa achtzig Meter von der Straße entfernt, ein altes Bauernhaus mit seiner Frau und zwei kleinen Mädchen … Das eine Mädchen ist stumm …«

»Stumm? Kann nicht reden?«

Wie dumm dieser Mann daherredet, denke ich. Ob ihn der Graf nicht doch überschätzt hat. Ich antworte ironisch:

»Stumme können gewöhnlich nicht reden, Herr Kommissär!«

Der Mann blickt gar nicht auf. Er drückt auf den Knopf eines Benzinanzünders, zieht umständlich an seinem stinkenden Kraut, nickt abwesend, wie irgendeine Porzellanfigur, deren Kopf beweglich wäre, abwesend und unbeteiligt ... Sagt nach einer Weile:

»Gösch? Der Theosoph?«

Ich bin ein wenig erstaunt, denn Heinrich Gösch ist nur in den sogenannten Okkultistenkreisen bekannt ... Er hat sich übrigens von den Theosophen getrennt, ist in Unfrieden von ihnen geschieden, er behauptet sogar, die Stummheit seines Töchterchens sei auf die Feindschaft eines der Führer dieser Bewegung zurückzuführen, der »Meister« habe das Kind verhext ... Nun, jeder Mann hat seinen Vogel, mich stört das nicht weiter, ich mag Gösch gerne, er kommt oft am Abend zu mir, und wir plaudern sehr lange ... Er weiß sehr viel, der Heinrich Gösch ... Aber woher weiß dieser Polizeikommissär etwas von meinem Freund ...

»Zufall!«, sagt der Mann mit der qualmenden Brissago, so als müsse er meine unausgesprochene Frage beantworten. »Ich habe einmal einen Artikel von diesem Herrn gelesen. In einer Zeitschrift ... Ja, also der Heinrich Gösch hat die Leiche entdeckt ... Wo lag sie?«

»Wie gesagt, fünfzig Meter von meinem Haus entfernt. Von der Straße, die Ronco mit Arcegno verbindet, zweigt ein Fußweg ab, der nach Ascona führt. Gerade bei dieser Abzweigung ist die Leiche der Frau gelegen ...«

»Jung?«

»Achtundzwanzig bis dreißig ...«

»Hm ... Und was soll ich tun?«

»Die Polizei hat mich im Verdacht, gestern haben zwei Fahnder ihr Generalquartier bei mir aufgeschlagen, am Abend ist noch der Polizeikommissär von Locarno gekommen ...«

»Pedrello ...«, sagt Studer gedankenvoll. »Ein guter Kerl, aber ... äbe ... jaaa ...«

»Äbe ... jaaa ...«, wiederhole ich und versuche zu lachen. Aber das ist schwer. Mein Gegenüber lacht auch nicht. Darum fahre ich ernster fort: »Er kann nicht gut Deutsch und ich nicht gut Italienisch, und da gibt es die ganze Zeit Missverständnisse. Der Herr Kommissär Pedrello behauptet, ich kenne das Meitschi ... pardon, die Frau ... Aber ich habe sie bei Gott nie gesehen ... Und es ist ein Zufall gewesen, dass man sie in der Nähe meiner Mühle gefunden hat ...«

»Mühle?«

»Ja, ich wohne mit einer Freundin in einer alten Mühle, die schon lange außer Gebrauch ist. Die Miete ist billig, zehn Franken im Monat, denken Sie sich, Herr Kommissär, äh ... Herr Studer. Es stehen nur wenige Möbel darin, aber genug für uns, und ich kann in Ruhe schreiben. Manchmal kommen die Freunde uns besuchen, und wir können Lärm machen, so viel wir wollen, wir stören niemanden. Wie gesagt, das nächste Haus gehört Gösch und ist etwa dreihundert Meter von unserer Mühle entfernt ...«

»Und die Leiche? ...«

»Eben ... die Leiche ... Sie lag etwa zwei Schritte von der Straße entfernt auf einem kleinen Nebenweg, der nach Ascona führt ... Gösch hat sie durch Zufall gefunden, wie er mir sagte, gestern Morgen um acht, als er von Ascona kam, wo er Kommissionen gemacht hatte …«

»Auf dem Rückweg hat er sie gefunden? … Ja? … Warum nicht schon auf dem Hinweg?«

»Weil er von seinem Hause aus einen direkten Weg durch die Wiesen hat, der auf die Hauptstraße Locarno–Brissago führt. Den hat er für den Hinweg genommen. Zurück hat er dann den Fußweg genommen, der am Monte Verità vorbeiführt und bei unserem Sträßli fürechunnt … Um neun Uhr hat Gösch die Leiche gefunden, er ist dann gleich zu mir gekommen, wir sind zusammen an den Fundort gegangen, die Frau hatte einen tiefen Messerstich im Rücken … das Messer hat wohl das Herz getroffen, wenigstens hat der Dottore das behauptet … Ich bin dann nach Ascona zum Syndaco, zum Bürgermeister, und der hat die Locarneser Polizei alarmiert …«

»Und wo ist die Leiche jetzt?«

»Pedrello hat sie nach Ascona schaffen lassen, sie liegt in einem Schulzimmer … Doktor Brambilla hat die ersten Feststellungen gemacht … Morgen soll die Leiche nach Bellinzona überführt werden, dort haben sie einen Gerichtsarzt, der die Sektion machen wird …«

Schweigen. Ganz schwach tönt durch das Fenster das zögernde Schlagen eines Glockenspiels, von der Decke des Zimmers hängt ein brauner Papierstreifen, mit Leim bestrichen. Tote Fliegen kleben daran, eine aber ist noch lebendig und surrt eintönig, um sich zu befreien.

Mein Gegenüber hat die Hände gefaltet und den Kopf gesenkt. Ich sehe nur sein kurzes braunes Haar, das wie eine feine Bürste wirkt. Seine Augen kann ich nicht sehen. Plötzlich murmelt Studer:

»Eine Frau … Messerstich … Heinrich Gösch … Der Graf …« Er schweigt, dann flucht er leise: »Himmelherrgott … nicht einmal ruhige Ferien kann man sich gönnen … aber natürlich, der Pedrello …« Wieder eine Pause, dann hebt er den Blick und fragt, was er eigentlich machen solle? …

»Herr Studer«, sage ich, »seit gestern Mittag haben zwei Polizisten in meiner Mühle ihr Hauptquartier aufgeschlagen, von vier Uhr nachmittags bis zehn Uhr abends ist der Kommissär von Locarno in unserer Küche gehockt und hat mich und meine Freundin gequält: Wir müssten doch die Tote kennen, es sei doch klar, dass die Frau *uns* habe besuchen wollen, leugnen nütze da gar nichts, ein Geständnis sei das Beste … Sei es nicht Eifersucht gewesen? … Und immer italienisch … Ich halt das nicht mehr aus, Herr Studer, meine Freundin hat einen Weinkrampf bekommen, heut Morgen habe ich nur mit großer Mühe fortkönnen, die Polizisten haben mich nicht gesehen, ich bin zur Hintertür hinaus und durch den Wald nach Locarno gekommen … Der Graf hat mir gesagt, Ihr würdet uns sicher helfen, Herr Studer … Der Graf hat mir erzählt, dass Ihr kriminologisch geschult seid, Ihr habt bei Locard gearbeitet und bei Groß, Ihr geltet in der ganzen Schweiz und nicht nur in Bern als Autorität … Wenn ich sicher sein könnte, dass Ihr die Sache in die Hand nehmen würdet …«

»Wer alles hat die Leiche gesehen?«, fragt Studer trocken.

»Gösch natürlich zuerst, dann Bruno Marlehn und seine Frau, mein Freund Klempter, der Maler, und seine Frau, der Graf natürlich, dann Burkhardt, auch ein Maler, und May Wendelau, die Tänzerin, und noch ein paar andere Leute, an die ich mich nicht erinnere.«

»Viele Leute, allerhand Menschen ... Sicuro, wie sie hier sagen ... Und niemand hat das Frauenzimmer wiedererkannt? ...«

»Niemand ...« Ich schweige. Da plötzlich hebt Studer den Kopf, sieht mich an: Es ist kein sogenannter durchbohrender Blick, die Augen sind eher trübe und müde, immer noch hält Studer die Hände gefaltet, und zwischen Zeige- und Mittelfinger der rechten Hand (beide stehen ab) steckt die erloschene Brissago ... Vielleicht sieht er mich gar nicht? Er steht auf, geht zum Fenster, beugt sich über das Eisengitter, kommt zurück und wiederholt, während er an seinen Fingern zählt:

»Klempter samt Frau, Bruno Marlehn samt Frau, der Graf ...« (kleine Pause) »Burkhardt, May Wendelau ... Sieben ... Sieben, die Ihr kennt ... Und die Ermordete war fünfundzwanzig bis dreißig Jahre alt ... Messerstich in den Rücken ... Auf einem Seitenweg, der vom Sträßli Arcegno—Ronco nach Ascona abzweigt ... Ich will gern mit Pedrello sprechen ... Wenn er nichts dagegen hat, kann ich mir die Sache ansehen ... Ansehen! ... Nichts weiter ... Das müsst Ihr begreifen. Ich kenn Euch nicht. Ihr kommt an einem schönen Morgen zu mir mit einer Empfehlung des Grafen – hat Euch der Graf erzählt, wie wir uns kennengelernt haben? Nein? Es war während dem Krieg ... Keine angenehme Erinnerung ... Eine ermordete Frau sagt Ihr? ... Messerstich? Haben die Tschumpel überhaupt nach Spuren gesucht? ... Nein? ... Konnt ich mir denken ... Aber zuerst will ich etwas z'Morgen, wenn dr nüt dagege heit … Heute ist der zehnte Juli … Am neunten Juli am Morgen hat der Heinrich Gösch die Leiche entdeckt … Ja? Also ist die Frau in der Nacht vom Achten zum Neunten ermordet worden … Und Ihr sagt, das Sträßlein verbinde Arcegno mit Ronco? Arcegno! Das ist doch ein verlassenes Kaff. Und in Ronco wohnen auch nicht viel Leute …« Studer geht hinter meinem Rücken auf und ab. Plötzlich schrecke ich zusammen, weil ich seine Hand auf meiner Schulter spüre. Er hat das unwillkürliche Zusammenzucken gespürt, denn er sagt gutmütig:

»Ihr seid sehr nervös geworden, Herr Schlatter. Und Ihr schreibt auch? … Was denn? …«

»Novellen«, sage ich. »Jetzt habe ich einen Roman in der Arbeit, aber ich weiß nicht, ob er etwas geben wird …«

»Äbe …« So etwas könne man wohl nie vorher sagen … Ob es etwas geben werde nämlich … Es sei wie bei einem Kriminalfall …

»Es gibt Fälle, die sehen ganz einfach aus, und dann verrecken sie einem unter der Hand, es gibt andere, die scheinen unentwirrbar, und dann ist die Lösung simpel … In der Nacht vom achten zum neunten Juli … Also in der Nacht vom Dienstag auf den Mittwoch … Wo seid Ihr am Dienstag gewesen? … Hä? …«

»In Ascona«, sage ich leise. »Beim Maler Klempter. Die andern waren auch da, die Tänzerin, Gösch und Bruno Marlehn mit seiner Frau …«

»Wann seid Ihr heimgegangen?«

»Es wird ein Uhr gewesen sein …«

»Über die Abkürzung?«

»Nein, ich habe Gösch noch heimbegleitet …«

»Aber Ihr seid an der Abzweigung vorbeigekommen? …«

»Ja, aber ich hab nichts gesehen.«

»Nichts gesehen? Und war doch Vollmond?«

»Der Wald reicht bis an die Straße …«

»Exakt! … Bis an die Straße … Ich kenn nämlich die Abzweigung … Hab einmal einen Spaziergang in der Gegend gemacht … Ja …« Und ob ich schon Kaffee getrunken habe … (Studer sagt »Gaffee« und betont das Wort auf der ersten Silbe.) Ich schüttle den Kopf.

»So kommet mit«, sagt Studer freundlich. »Ihr werdet meine Frau kennenlernen. Die Emmy … Dann gehen wir meinen Kollegen Pedrello besuchen, und dann komm ich mit Euch nach Ascona. Ihr müsst mich dann Euren Freunden vorstellen … Dem Gösch besonders … Der Gösch interessiert mich … Und's Töchterli ist ganz stumm? Truurig … Truurig …« Studer schüttelte den Kopf, öffnete die Zimmertür und schob mich auf den Gang hinaus, indem er mir seine knochige Hand wieder auf die Schulter legte … Es war mir nicht sehr angenehm …

Er sagt noch, und es klingt ein ganz leiser Hohn in seiner Stimme:

»Künstler! … Ich werde Künstler kennenlernen … Ich kenn nur einen Künstler, bis jetzt, den alten Heer, ja, den J.C.«, er sagt »ize« als seien die Buchstaben ein Wort, »mit dem hab ich einmal in der Öpfelkammer* eine

* Restaurant in Zürich. Tatsächlich gab es ein Treffen zwischen Glauser und J.C. Heer (vgl. Friedrich Glauser, *Dada, Ascona und andere Erinnerungen*, Zürich, Arche, 1976).

halbe Nacht lang gesoffen ... ein gäbiger Tüüfel ... Sind Eure Freunde auch so gääbig?«

Ich antworte nicht, was soll man auch auf eine solche Frage antworten? Vor meinen Augen ist das Bild der ermordeten Frau, auf dem Rücken liegt sie, zwischen zwei niederen Büschen, und ihre Bluse ist steif von Blut, nur die Ärmel sind noch weiß und durchsichtig ... Sie hat schöne Arme ... Ameisen kriechen über ihr Gesicht, und Gösch sagt leise und lispelnd: »Eine satanische Sauerei ...« Bei ihm klingen die »S« wie die englischen »Th«. »Thatanische Thauerei ...«, wiederholt er. Ich stehe stumm daneben ... Und dann muss ich Liso auffangen. Sie ist sonst sehr tapfer, meine Freundin, aber der Anblick ist wirklich sehr grauenhaft. Liso ist in Ohnmacht gefallen, und Gösch tätschelt ungeschickt ihre Hände, während er murmelt: »Dapsul, das ist nur der Anfang, es wird noch besser kommen ... Wart's ab, Dapsul ...«

Er nennt mich Dapsul, es ist ein Übername, ich heiße Niklaus Schlatter, aber Dapsul von Zabeltau heißt ein Mann in einem Märchen des Gespensterhoffmann*, und meine Freundin Liso ist Bankputtis getauft worden – das ist der Name eines wendischen Kriegsgottes, denn meine Freundin Liso stammt aus dem Baltikum ... sie ist sogar eine »von« ... aber das spielt keine Rolle ... In Ascona laufen allerlei Leute herum ... Der Graf zum Beispiel ... Ich will seinen Namen gar nicht nennen, man würde meinen, ich wolle aufschneiden ... Ich werde ihn auch in Zukunft kurz »den Grafen« nennen, obwohl ich ihm

* E.T.A. Hoffmann wird, in Anspielung auf etliche seiner Figuren, in der Literatur oft »Gespensterhoffmann« genannt.

im Gespräch nie seinen Titel gebe, sondern ihn einfach »Herr Doktor« nenne … Er ist nämlich Dr. phil. Kunsthistoriker, trotzdem er Militärattaché war … Das eine schließt das andere nicht aus …

Erinnerung

Erzähler gebrauchen gern die Formel: »Alle Worte, alle Bewegungen waren wie eingeätzt in seinem Hirn ...« Ich habe oft über diese Formel lachen müssen, weil sie so bequem ist, und habe sie immer für durchaus verlogen gehalten ... Und nun geht es mir ganz gleich. Das Gespräch mit dem Kommissär Studer von der Stadtpolizei Bern hat vor vierzehn Jahren stattgefunden, und jedes Wort, jede Antwort, jede Frage höre ich noch genau so, wie sie gesprochen wurde ... Es sind seither vierzehn Jahre vergangen. Am Morgen jenes zehnten Juli schrieb man das Jahr 1920 ... Es ist lang her ... Warum ich heute das Bedürfnis fühle, jene Zeit wiederzubeleben – ich kann es nicht sagen ... Wir schreiben den achten Juli 1934, Jakob Studer ist schon längst nicht mehr Kommissär, er ist abgesägt worden, wegen einer Bankaffäre, er dient jetzt als Wachtmeister bei der Kantonspolizei, und ich? ... Ich wohne wieder in der »Molina«, in der Mühle an der Straße, die von Ronco nach Arcegno führt. Meine Freundin Liso, die wir damals Bankputtis nannten, ist schon etliche Jahre verheiratet, mit einem Pfarrerssohn aus Magdeburg, und sie hat zwei Kinder ... Gösch ist gestorben ... Die andern? Ich weiß nichts von den andern ... Ich gehe nie mehr nach Ascona hinunter über die Abzweigung, an deren Anfang ich vor vierzehn Jahren die Leiche einer Frau gefunden habe ... Ascona hat sich verändert ... Es wimmelt von bürgerlichen Badegästen, und rote Tearooms quäken mit Lautsprecher und Grammophon ... Aber die Mühle steht noch, niemand steigt zu ihr hinauf, sie ist Gott sei Dank abgelegen ... Haselmäuse hausen in ihr zusammen mit mir und fressen meinen Reis und meine Makkaroni ... Mein Schreibtisch ist wackelig ... Unter dem großen Kamin haust wie vor vierzehn Jahren eine große grüne Ringelnatter, ist es dieselbe wie damals?

Der Graf ist Emigrant geworden ... Doch wozu vom Grafen schreiben? Er wird in meiner Geschichte eine große Rolle spielen. Und May Wendelau, die Tänzerin? ... Sie ist verschollen ...

Und ich schreibe die Geschichte vom M [...]

[Das Manuskript bricht mitten auf der Seite ab.]

1937

Der blinde Spiegel

Ascona, Juni 1935

Lieber Freund,

seit zwölf Jahren hast du mir nicht mehr geschrieben. Ich weiß weder, ob deine Adresse dieselbe geblieben ist, noch, ob du deinen Namen geändert hast. Deshalb nenne ich dich einfach nur »Freund«, auch wenn dir die Bezeichnung übertrieben scheinen mag. Ich habe den Brief, den du mir unter deinem alten Namen geschickt hast, ungeöffnet aufbewahrt. Manchmal denke ich, es wäre schön, die Identität zu wechseln, wie du es getan hast ... Aber jemand wie ich bleibt immer haften. Das ist das Problem, wenn du schreibst: Am Ende gibst du dich der Illusion hin, die Geschichten, die du an die Zeitungen verkauft hast, würden den Lesern im Gedächtnis bleiben, zusammen mit deinem Namen. Welch Eitelkeit! ...

Auch ich hatte in meinem Leben verschiedene Namen ... Eine Freundin nannte mich Momo, an der Universität war ich Spig ... und heute wissen viele nicht, ob ich Spiegel oder Spigl bin. Ich sage immer, dass ich der sei, dessen Namen zwei »e« fehlen, um ein richtiger Spiegel zu sein ... sofern es überhaupt richtige Spiegel gibt. Ich habe schon immer gedacht, dass manche Leute wie Spiegel sind: Sie bewegen sich durch die Straßen und spiegeln Gedanken, Wünsche, Gemütszustände wider ...

Als Schriftsteller sollte auch ich genau das tun. *Un roman est un miroir que l'on promène le long du chemin*, wie es, wenn ich mich nicht irre, in Stendhals *Le rouge et le noir* heißt. Aber du interessierst dich nicht für Romane und willst lieber von Kommissär Studer hören … Als Erstes muss ich dir mitteilen, dass er jetzt Wachtmeister ist, sie haben ihn degradiert. Studer ist übrigens genau der Schlag Mensch, der das Leben der andern wie ein Spiegel reflektiert … Ich frage mich, ob er nicht von Anfang an alles gewusst hat. Natürlich nicht in einem rationalen Sinn, sondern in seinem Unterbewusstsein. Studer ist kein blanker, klarer Spiegel … Er ist einer dieser etwas zerkratzten, mit der Zeit blind gewordenen ovalen Spiegel, in denen man sich nie anschaut … Bis du dich eines Tages zufällig umdrehst und der Spiegel dich einfängt. Rede ich dummes Zeug? … Ich glaube nicht. Diese bedächtigen, ruhigen Polizeibeamten. Man unterschätzt sie. Aber dann …

Vielleicht erzähle ich dir die Dinge besser von Anfang an. Das wird nicht einfach, denn beim letzten Mal bin ich mittendrin stecken geblieben. Ich hätte gern eine Erzählung, oder besser noch, einen Roman daraus gemacht, deshalb habe ich, bis auf Studer, alle Namen geändert. Baron von Arenfurth ist ein Graf geworden – *Adel verpflichtet* –, und ich selbst habe mir den Namen Niklaus Schlatter gegeben. Ich habe Details hinzugefügt, habe mich als Romancier versucht … und alles hat sich in Luft aufgelöst, bevor es überhaupt begonnen hat.

So geht es bei allem, was ich in Angriff nehme, bei all meinen Gedanken. Einzig mein Versuch, mit Beatrix in dieser alten Mühle zu leben, war von zeitlicher Dauer …

Wenn auch nur für mich, denn Beatrix ist schon vor einer ganzen Weile fortgegangen. Alles andere löst sich permanent in Luft auf … genau wie die zehn Franken Miete für den alten Ferrari.

Hatte ich dir nicht versprochen, die Dinge von Anfang an zu erzählen? … Doch du siehst, dass ich stattdessen alles vor mir herschiebe, wie man so schön sagt … Wann beginnt diese Geschichte eigentlich? Schwer zu sagen. Für mich hat sie sehr früh begonnen, nämlich als ich die Mühle gemietet habe. Ich spürte es in den Knochen, dass es da etwas Dunkles gab … Die Diskussionen, die Lektüre von Nietzsche, Hoffmann oder unseren eigenen Erzählungen, die Lagerfeuer mitten in der Nacht … Ein so beschauliches Leben, mit Sonnenschein, dem friedlichen See, ein idyllisches Leben … und wir, die wir schrieben und glaubten, dass Kunst aus der Idylle erwachsen könne. Die Realität drang nur in den Träumen bis zu uns vor.

Doch ich schweife schon wieder ab …

Nun ja, die Realität ist mit der Leiche dieser Frau angekommen … Ich war an dem Abend daheim geblieben, um zu arbeiten. Dann bin ich hinaus und allein den Fußweg entlang. Als ich den Blutfleck gesehen hab, dachte ich absurderweise, dass es sich um Wein handle … Es war eine Mondnacht, so habe ich mich in der Gegend umgeschaut und den Körper entdeckt, am Wegrand … Mir war gar nicht klar, dass sie tot war. Wir schafften sie ins Haus – Studer hat mir das später zum Vorwurf gemacht.

Alles andere versuche ich in einer Art Tagebuch zu erzählen. Doch die Wahrheit offenbart sich uns armen

Teufeln längst nicht mehr … Falls sie es überhaupt jemals getan hat. Wie du weißt, hat der Fall viel Staub aufgewirbelt. Die Lokalzeitungen schrieben darüber, aber es kamen auch Berichterstatter aus der Deutschschweiz. Die Tatsache, dass Studer seine Ferien dort verbrachte … All das hat aufs Heftigste meine Vorstellungsgabe angeregt, doch scheinbar habe ich erst heute den Weg gefunden, zu erzählen, wie sich Studer des Falls annahm … und von seinem Scheitern zu sprechen, oder besser, von seinem Entschluss, innezuhalten, nicht bis zu dem Schuldigen vorzudringen.

Studer hat mich bei den Details nicht auf dem Laufenden gehalten. Zu viele unbeantwortete Fragen. Eine Tänzerin, ein ehemaliger Legionär, eine junge Mutter, ein Baron, ein Berner Polizeikommissär, ein verrückter unbekannter Maler, ein ahnungsloses Kind … Ich glaube, um zu begreifen, muss ich dieses Schattenleben aufgeben. Darum werde wohl auch ich nach Marokko gehen, und aus der Ferne wird sich das Geheimnis lüften. Ich werde die nötige Ruhe finden, um einen Bericht abzufassen, den ich an diesen Schriftsteller, Herrn Glauser, schicken will, der von Studer erzählt hat.

Mit anderen Worten: Ich will, dass meine Worte die Wahrheit zum Ausdruck bringen. Aber ich fürchte, um das zu erreichen, muss ich sie erfinden. Nun entschuldige mich bitte, ich muss fort. Ich hoffe, du bist noch am Leben. Ich schreibe dir wieder aus Marokko.

Dein ergebener
Spigl

*Vorrede**

Vor etwa einem Monat erhielt ich ein eingeschriebenes Paket. Den Brief, der diese Sendung begleitete, will ich hier abschreiben:

[Ohne Ort- und Zeitangabe]

»Sehr geehrter Herr,

ein Landsmann hat mir eins Ihrer Bücher zum Lesen gegeben. Sie erzählen darin von einem Kriminalfall, bei dessen Aufklärung ein Schweizer Polizist, Jakob Studer, beteiligt ist. Nach Ihren Angaben scheint es sich um den gleichen Mann zu handeln, den ich 1919, kurz nach dem Kriege also, kennengelernt habe und der in meinem Leben eine nicht zu unterschätzende Rolle gespielt hat. Ich lebte damals in einem Tessinerdorf, wurde in eine Mordgeschichte verwickelt und wandte mich um Hilfe an einen Polzeikommissär der Stadt Bern, der in Locarno seine Ferien verbrachte. Über den ›Fall‹ habe ich seinerzeit getreulich Buch geführt, denn ich gehörte damals Ihrer Zunft an und glaubte, das Wichtigste im Leben sei, weißes Papier mit Buchstaben zu bedecken, in der Annahme, diese Tätigkeit könne die Welt verän-

* Als Glauser die Geschichte ein zweites Mal von vorn beginnt, stellt er dem Text folgende Vorrede voran, in der er selbst in der ersten Person das Wort ergreift.

dern und meinen Mitmenschen von Nutzen sein. Seither habe ich mich von dieser Kinderkrankheit erholt. Doch behielt ich – obwohl ich all meine anderen ›Werke‹ vernichtet habe – das Tagebuch, das von diesem Fall handelt (der damals ziemlich Staub aufgewirbelt hat), aus einer Art Pietätsgefühl zurück. Ich schicke Ihnen nun diese Notizen ... Sie dürfen mit ihnen umgehen ganz nach Ihrem Willen, dürfen streichen, umkomponieren, kurz, mit ihnen nach Gutdünken verfahren.

Ich gebe Ihnen weder den Ort, an dem ich lebe, an noch den Tag, an dem ich Brief und Paket zur Post habe tragen lassen. Es ist unnütz, mich suchen zu wollen. Auch der Name, mit dem ich diesen Brief zu unterzeichnen gedenke, sowie die Namen aller übrigen in diesen Tagebuchblättern vorkommenden Personen sind frei erfunden, und es wird Ihnen schwerfallen, meine und ihre wahre Persönlichkeit festzustellen. Achtzehn Jahre sind seither verflossen – und achtzehn Jahre in unserer Zeit sind so viel wie früher ein halbes Jahrhundert.

Aus dem damaligen Erlebnis habe ich einiges gelernt: Niemand auf dieser traurigen und bizarren Welt ist vollständig schuldig oder unschuldig. Jahrtausendelang haben sich die Menschen Mühe gegeben, den Begriff ›Schuld‹ zu erklären, aber über ein kindliches Gestammel sind sie nicht hinausgelangt. Vielleicht hat einer einmal die Lösung gefunden. Aber damals schrieb er sie in den Sand – ›Er bückte sich nieder und schrieb mit dem Finger auf die Erde ...‹* Und die Menschen zertrampelten das Zeichen ...

* Evangelium nach Johannes 8,6.

Ein schlechter Beginn, werden Sie sagen, zu einem ›Fall‹. Nun, Sie müssen ihn ja niederschreiben und nicht ich.

Ihr ergebener

Moritz Spiegel«

Das Tagebuch, von dem mein unbekannter Korrespondent schrieb, war lang, sehr lang. Vierhundert Seiten folio – bedeckt mit winzigen Buchstaben. Von der Erlaubnis zum Kürzen habe ich ausgiebig Gebrauch gemacht – es gab seitenlange Gespräche wie bei Dostojewski. Doch hoffe ich, dass die Aufzeichnungen, in ihrer gegenwärtigen Form, nichts von ihrer Echtheit eingebüßt haben. Unter Echtheit verstehe ich jenes Unfassbare, Unbestimmte, das zwischen den Zeilen, zwischen den Worten haust und mit Zaubergewalt eine vergangene Zeit wiederentstehen lässt, mit den Menschen dieser Zeit und den Worten, die sie sprachen, den Gedanken, die sie dachten. Ob dies gelungen ist, weiß ich nicht. Der Leser muss den Richter spielen.

Mein unbekannter Korrespondent, der, um mir zu schreiben, das Pseudonym »Spiegel« gewählt hat, muss kurz nach der »Aufklärung« des Falls geflohen sein (dass ich das Wort »Aufklärung« in Anführungszeichen setze, hat seinen guten Grund – denn eine richtiggehende Aufklärung wird der Leser nicht finden). Ich habe nicht feststellen können, wohin. Wachtmeister Studer, dem ich eines Tages das Tagebuch Moritz Spiegels zeigte, ward, nachdem er die ersten Seiten gelesen hatte, auf eine halbe Stunde mit Stummheit geschlagen. Er bat mich alsdann, ihm das Manuskript eine Nacht lang zu überlassen. Schweigend gab er mir die Blätter am nächsten Tag zurück. Leute, die lieber schweigen wollen, soll man nicht zum Reden bringen – um diese Tätigkeit auszuüben, haben wir Bezirksanwälte und Untersuchungsrichter. Diesen Herrschaften soll man nicht ins Handwerk pfuschen. Ich achtete Studers Schweigen.

Als kurze Bemerkung sei noch berichtet, dass Moritz Spiegels Paket sowohl als auch sein Brief marokkanische Marken und den Poststempel der Stadt Rabat trug […]

[Das Manuskript bricht mitten auf der Seite ab.]
1937

Umba, umba

Ich bin dabei, die Texte zu sortieren, die Cattaneo mir hat zukommen lassen. Er schickt mir handschriftliche Notizhefte und maschinengeschriebene Blätter, alle in dicken gelben Kuverts. Ich gebe sie an Gabriella weiter, die sie ins Italienische übersetzt und mir per E-Mail zurücksendet. Soweit ich es überblicke, erzählt anfangs dieser Spigl (oder Spiegel) die Geschichte in der ersten Person, außerdem gibt es einen Brief von besagtem Spigl an einen »lieben Freund« (aber wer ist das?) und schließlich schreibt Glauser, er habe ein Manuskript von Spiegel erhalten. Alles in allem ganz schön verwirrend.

Ich arbeite abends vor dem Schlafengehen daran. Das ist merkwürdig, denn normalerweise schreibe ich nach dem Abendessen nicht mehr. Ich setze mich in den Sessel vor den ausgeschalteten Fernseher, den Computer auf dem Schoß. Dabei höre ich leise Clifford Browns *Memorial Album.* Eine Platte, die 1956 bei Blue Note Records erschienen ist, nach dem Unfalltod des Trompeters. Er war gerade einmal sechsundzwanzig Jahre alt. Ich trinke einen Whisky, den ich zum Geburtstag geschenkt bekommen habe: einen 1978 destillierten Glenglassaugh. So verliere ich mich zwischen den Worten von Niklaus Schlatter, Moritz Spiegel (oder Spigl) und Friedrich Glauser.

Es ist absurd, denn natürlich stammen die Worte allesamt von Glauser. All diese Schlatter oder Spigl sind seine Figuren, sind ein Versuch, den Roman in erster Person zu erzählen. Kein anderer Roman mit Wachtmeister Studer ist in der ersten Person geschrieben, vielleicht wirkt das Ganze deshalb so seltsam auf mich. Vielleicht liegt es aber auch daran, dass sich zwischen diesen Seiten zu viel Reales verbirgt.

Aurelio Cattaneo hat sich nicht mehr blicken lassen, aber ich spüre seine Gegenwart in dem stillen Wohnzimmer. Er ist keine Figur, er ist real, so wie sein in Marokko verstorbener Großvater Fredo, der Besitzer des Koffers mit den unveröffentlichten Texten, eine reale Person war. Erzählt Glauser also eine wahre Geschichte? Ich glaube, Aurelio hat mich nicht nur engagiert, damit ich einen Plot entwickle. Vielleicht hofft er, dass ich etwas herausfinde, eine Enthüllung mache sein Leben betreffend, oder zumindest das seiner Vorfahren.

Deshalb habe ich gestern bei ihm in Ludiano vorbeigeschaut.

Es schien, als habe Cattaneo auf mein Kommen gewartet. Er war allein in seinem am Berghang gelegenen Restaurant. Um dorthin zu gelangen, muss man über einen Pfad bis zu einem großen Felsen laufen, der praktisch das Dach und die Wand des Innenraums bildet.

»Wir haben das ganze Jahr geöffnet«, erklärte mir Cattaneo. »Aber es kommen nicht viele Leute. Vielleicht haben die Gäste Angst vor Anarchie.«

Ich schaute mich um. Das Lokal war leer, aber gut gepflegt, die Tische blank geputzt, die Stühle an ihrem Platz, Blumentöpfe auf den Fensterbänken und hinter dem Tresen schillernde Flaschen.

»Anarchie?«

»Langsam öffnete der Häuserklump seines Leibes Mitte, / Dann schrien die geschwollnen Hälse der Kirchen nach den Tiefen über ihnen, / Hier jagten sich wie Hunde die Farben aller je gesehenen Erden.«

Ich stand vor dem Tresen, er dahinter, in Hemdsärmeln und der Haltung des Barmanns. Das Gespräch drohte ins Leere zu laufen.

»Ist das ein Gedicht?«, fragte ich. »Haben Sie es geschrieben?«

Er zuckte mit den Schultern. »Was spielt es für eine Rolle, wer schreibt? Die Worte schreiben sich von selbst, oder? Sie sind doch vom Fach, Sie müssten das wissen.«

Ich blieb stumm. Ich war sicher, dass er noch etwas hinzufügen würde.

»Huelsenbeck«, sagte er tatsächlich nach einer Minute. »Richard Huelsenbeck. Glauser selbst hat seine Verse zitiert. Huelsenbeck trug ›Negergedichte‹ im Cabaret Voltaire, im Niederdorf in Zürich vor. Ich glaube, ich war mal dort. Von einem holländischen Matrosen hat er diese authentischen Verse: *Trabadja. La Modschere Magamore Magagere Trabadscha Bono.*«

Natürlich konnte er unmöglich dort gewesen sein. Er war etwas über siebzig, also musste er in den vierziger Jahren geboren sein, über zwanzig Jahre nach den dadaistischen Lesungen im Cabaret Voltaire.

»Ich habe überlegt, Signor Cattaneo, ob es vielleicht möglich wäre, den Koffer zu sehen, um mir einen Eindruck vom Umfang und der Komplexität des Materials zu verschaffen.«

Der Alte schnaubte. Ohne zu antworten, schnappte

er sich einen Putzlappen und wischte über den Tresen. Dann bot er mir einen Kaffee (mit Schuss) an, blickte mir unverwandt in die Augen und sagte schließlich:

»Umba, umba.«

Ich hatte gewusst, dass es nicht einfach würde. »Umba, umba?«, fragte ich.

»Umba, umba«, wiederholte er. »Wenn Huelsenbeck seine Verse vortrug, hat er das nach jeder Strophe wiederholt.«

»Ah. Was ich sagen wollte …«

»… ja, der Koffer.« Er leerte seine Tasse in einem Zug. »Ich habe Ihnen das Angebot gemacht, mit einem bedeutenden Autor in Kontakt zu treten und als Erster eine Geschichte zu enthüllen. Aber es gibt Grenzen, das sollten Sie begreifen.«

Er erhob sich und wies mich an, ihm ins Obergeschoss zu folgen. Ich dachte, er würde mir den Koffer zeigen, stattdessen führte er mich in einen niedrigen Raum mit weiß getünchten Wänden, einem Metallbett, einer Waschschüssel und einem Strohstuhl. Dem Bett genau gegenüber befand sich ein Gemälde, das einen Wald darstellte, in verschiedenen Farbtönen, von Grün über Braun bis hin zum Grau der Felsen. In der Ferne, zwischen den Bäumen, erkannte man das Blau und Weiß der Berge.

»Hier«, sagte Cattaneo. Ein paar Sekunden lang betrachtete er das Gemälde. »Es ist von Manfred Henninger. Der Titel lautet *Wald im Tessin (bei Mulino del Brumo).* Es ist 1940 entstanden, ein paar Jahre vor meiner Geburt. Ich habe es erst kürzlich erworben, nachdem ich das Haus meiner Mutter verkauft hatte.«

Cattaneo wandte den Blick nicht von dem Gemälde ab. Ich verzichtete darauf, ihm Fragen zu stellen. Ich fragte nicht einmal mich selbst, was ich eigentlich in diesem kahlen, klösterlichen Zimmer verloren hatte, in Begleitung dieses stämmigen Alten, der reglos vor einem Stück gemalten Waldes verharrte. Ich war in einer Gemütsverfassung, in der mir all das unausweichlich schien. Wie Cattaneo selbst bei unserer ersten Begegnung gesagt hatte: Man muss abwarten.

Nach einer Weile gab Cattaneo mir ein Zeichen, näher zu treten. »Schauen Sie es sich aus der Nähe an. Das ist der Wald, wie man ihn von der Mühle aus sieht, derselben, in der Anarchisten und russische Revolutionäre gewohnt haben ... und eine ganze Reihe von Künstlern, der Maler Richard Seewald, Hermann Hesse, und übrigens auch Glauser. Hier hat Wachtmeister Studer die Leiche inspiziert.«

Endlich etwas, das zu dem Roman führte. Aber da war ein Detail, das nicht stimmig war.

»Meinen Sie die Mühle, in der der Ich-Erzähler gewohnt hat?«

Cattaneo warf mir einen Blick zu.

»Im Text heißt es, dass Kommissar Pedrello den Körper nach Ascona in ein Schulzimmer schaffen ließ. Und dann nach Bellinzona, zur Sektion.«

»Ja, ja«, Cattaneo machte eine Handbewegung, als wolle er meine Worte wegwischen. »Die erste Version. Aber Spigl sagt, dass sie ihn in die Mühle geschafft haben, erinnern Sie sich?«

»Ja. In dem Brief, in dem er von Marokko spricht.«

»Und als Glauser die Szene erneut schildert, schreibt

er, dass Studer die Leiche in der Mühle inspiziert habe. Ich werde Ihnen auch dieses Fragment zukommen lassen.«

»Es gibt also eine genauere Version des Textes?«

»Es gibt immer eine genauere Version. Was sind Sie denn für ein Schriftsteller, Fazioli?«

Er sprach plötzlich sehr schnell, verschluckte die Worte.

»Dieser Glauser wusste Dinge über meine Familie, die mir unbekannt sind. Wer war die junge Tote? Wer der Mörder? Die ganze Angelegenheit könnte auch mit der Abreise meines Großvaters zu tun haben, damit, dass meine Großmutter jung gestorben ist und meine Mutter in einer anderen Familie aufwuchs.« Er legte eine Pause ein und begann, langsam ein- und auszuatmen, als wolle er sich selbst beruhigen. »Ich habe keine Ahnung, wer mein Vater ist! In der Geschichte meiner Familie gibt es eine Leerstelle, ein Schweigen. Und die Antwort liegt hier, in diesem Wald ...«

Ich wandte mich wieder dem Gemälde zu. Ein ruhiger Ort, wie es schien, mit kleinen Lichtstrahlen zwischen den Bäumen. Ein paar rötliche Farbtupfer ließen an den Herbst denken, aber rechts im Vordergrund befand sich ein Busch mit gelben Blüten. Dahinter stieg das Gelände an, gespickt mit dicken Felsblöcken.

»Hier ist etwas Furchtbares geschehen«, murmelte Cattaneo. »Eine junge Frau ... mit einem Messerstich in den Rücken ermordet.«

»Selbst wenn es wahr ist«, versuchte ich einzuwenden, »sind hundert Jahre vergangen.«

»Blödsinn! Verzeihen Sie, Fazioli, aber Sie müssen

begreifen: Man hat versucht, einen Roman daraus zu machen, doch dieser Tod ist damit nicht einfach aus der Welt. Der Tod ist niemals aus der Welt. Er schreit nach Rache. Kommen Sie, gehen wir wieder nach unten.«

Während wir die dunkle, schmale Treppe hinabstiegen, wagte ich zu fragen, ob es nicht hilfreich wäre, wenn ich mir einen ersten Überblick über den Inhalt des Koffers verschaffte. Doch er beachtete mich nicht.

»Ich weiß nicht, warum Studer nichts aufgedeckt hat. Ich hoffe, dass beim Lesen und Ordnen der im Koffer befindlichen Papiere etwas Vernünftiges zum Vorschein kommt. Aber jeder muss seinen Teil dazu beitragen: Ich werfe einen ersten Blick darauf und wähle das Material aus. Anschließend übertragen Sie und die Übersetzerin es ins Italienische, und unter dem Vorwand, einen Roman daraus zu machen, enthüllen Sie, was meinen Großeltern zugestoßen ist.«

»Aber Sie meinten doch, Sie könnten nicht gut Deutsch.«

»Ein bisschen schon. Lassen wir das.«

»Aber …«

»Umba, umba!«

Cattaneo brach in Gelächter aus. Dann bot er mir einen weiteren Kaffee (mit noch mehr Schuss) an, rauchte eine Zigarette und erklärte mir, wie schwierig der Beruf des Gastwirts sei; fast noch prekärer als ein Dasein als Legionär. Als er sich von mir verabschiedete, wurde er jedoch wieder ernst.

»Eine junge Frau ist gestorben. Das dürfen Sie nicht vergessen. Und diese junge Frau hat nun niemanden mehr, der an sie denkt. Und … wissen Sie was?«

Ich deutete ein Kopfschütteln an, in der Hoffnung, er möge nicht wieder »Umba, umba« sagen. Aber seine Miene war allzu feierlich.

»Ich zähle auf Sie, Fazioli. Die Wahrheit liegt in Ihren Händen.«

Das ist ein Scherz, oder?

Einen unveröffentlichten Roman zu ordnen und vielleicht hier und da etwas zu ergänzen, ist eine Sache. Etwas ganz anderes ist es, wenn man zu einer Art Scharfrichter wird, dem eine heilige Mission obliegt.

Ich habe dem Verlag klarzumachen versucht, dass mir das Projekt immer verworrener zu werden scheint.

Wie soll ich arbeiten, wenn das Material nur tröpfchenweise zu mir gelangt?

Von: Magda (magda@casagrande.ch)
An: Andrea (info@andreafazioli.ch)
Gesendet: 1. April, 09:07
Betreff: Das ist ein Scherz, oder?
Hallo Andrea! Nach deinem Anruf gestern Abend war ich ziemlich ratlos. Dann ist mir eingefallen, welches Datum wir heute haben ... Wolltest du mich in den April schicken? Denn du kannst doch jetzt nicht alles hinschmeißen. Ich habe gelesen, was du mir geschickt hast: der Polizist in den Ferien in Ascona, die tote junge Frau im Wald, die merkwürdige Stimmung zwischen der Künstlerboheme und den Einheimischen ... Die Story wirkt gut. Nein, Andrea, im Ernst, du kannst nicht mittendrin abbrechen.

Von: Andrea (info@andreafazioli.ch)
An: Magda (magda@casagrande.ch)
Gesendet: 1. April, 12:01
Betreff: Re: Das ist ein Scherz, oder?
Liebe Magda, ich möchte nicht hinschmeißen. Aber ich habe den Eindruck, dass Cattaneo sich über das Ganze nicht recht im Klaren ist. Was will er? Memoiren, Vergeltung, Gerechtigkeit? Auch ich glaube, dass dem Roman eine wahre Begebenheit zugrunde liegt. Aber Cattaneo tut so, als sei alles gestern geschehen. Dabei ist das Ganze schon vor Ewigkeiten in irgendwelchen Zeitungsnotizen im Sande verlaufen (ich war im Archiv: Der Fall kommt tatsächlich zur Sprache, aber niemand sagt was Genaues). Seitdem sind hundert Jahre vergangen … was ist an diesen Papieren hier und heute noch interessant? Ich kann nicht arbeiten, wenn er mir das Material nicht aushändigt. Er schickt mir ganz sporadisch hier mal eine Seite, dort mal eine Seite, aber wo bleibt die eigentliche Story? Weißt du, ich habe das Gefühl, dass ich es bin, auf dessen Kosten Scherz getrieben wird … Mach's gut, und sorry, dass ich so in Rage geraten bin. Andrea

Von: Andrea (info@andreafazioli.ch)
An: Magda (magda@casagrande.ch)
Gesendet: 1. April, 12:03
Betreff: (kein Betreff)
Und außerdem, wer schreibt da eigentlich? Gibt Glauser vor, Spigl zu sein? Hat Glauser die Texte von dem tatsächlich existierenden Spigl abgeschrieben? Als Glauser sagt, er habe Wachtmeister Studer Spigls Tagebuch zum Lesen gegeben, denkt er sich das aus, oder heißt das,

dass auch Studer eine reale Person war? Weißt du, dass mir unser Aurelio Cattaneo mit seinen Gedichten und seinem Waldgemälde die unrealistischste Figur von allen zu sein scheint?

Von: Magda (magda@casagrande.ch)
An: Andrea (info@andreafazioli.ch)
Gesendet: 1. April, 14:00
Betreff: Re: (kein Betreff)
Ich sehe den Schriftsteller bei der Arbeit … Fühl dich gedrückt. Magda

Von: Andrea (info@andreafazioli.ch)
An: Magda (magda@casagrande.ch)
Gesendet: 15. April, 23:45
Betreff: Neuer Anfang …
In den letzten Übersetzungen, die Gabriella mir gegeben hat, wird das Ganze noch komplizierter: Laut Glauser enthält Spigls Tagebuch widersprüchliche Elemente. Deshalb hat Glauser selbst den Anfang neu geschrieben, diesmal in der dritten Person. Es scheint eine vorläufige Version zu sein, denn sie enthält Unstimmigkeiten. Studers Frau heißt manchmal Emmy, manchmal Hedy und der Tessiner Kommissar mal Pedrello, dann wieder Tognola. Und damit nicht genug: Der Text nimmt Bezug auf Ereignisse, die nie stattgefunden haben, und manche Namen tauchen in eckigen Klammern auf. Die Geschichte fängt jedenfalls von vorn an. Langsam frage ich mich, wie oft diese junge Frau eigentlich noch im Wald sterben muss?

Unterbrochene Ferien

Während des Weltkrieges hatte Jakob Studer keine sichere Stellung gehabt, sondern war bald hierhin, bald dorthin geschickt worden, um gewissen Menschen, die damals in der Schweiz ziemlich dunkle, aber wohlbezahlte Geschäfte betrieben, das Handwerk zu legen. Ein Jahr nach dem Waffenstillstand wurde er zum Kommissär an der Stadtpolizei Bern gewählt, doch die Arbeit, die er während des Krieges getan hatte, schien noch nicht beendet zu sein. Spione gab es vielleicht keine mehr, aber genug andere Existenzen, düstere, die schwarz über die Grenze kamen. Es gab genug zu tun mit Ausweisungen, An-die-Grenze-Führen, komplizierten Untersuchungen bei ziemlich dunklen Morden, und es dauerte sechzehn Monate, bis der neue Kommissär endlich Ferien nehmen durfte. Anfang Juni 1921 fuhr er ins Tessin, weil er Ruhe brauchte und hoffte, dort weniger von Sommergästen belästigt zu werden als in den Bergen. Eine Woche lang genoss er Ruhe, schlief bis tief in den Morgen hinein bei geschlossenen Läden, ging nachmittags im See baden und machte an den langen Abenden Spaziergänge – am See entlang hinein ins Maggiatal –, manchmal allein, manchmal in Begleitung seiner Frau. Doch schwieg er meistens, weil jedes gesprochene Wort ihn an Verhöre, Untersuchungen, Verhaftungen erinnerte.

Am 18. Juni, kurz nach fünf Uhr morgens, klopfte es

leise an seine Zimmertür; Studer war vor Kurzem erwacht, weil er am Abend vorher, statt spazieren zu gehen, schon um viertel neun zu Bett gegangen war. Das Bad, das Liegen in der Sonne hatten ihn müde gemacht – aber der neunstündige Schlaf vertrieb diese Müdigkeit aus dem Kopfe, aus dem Körper. Darum war er um diese frühe Stunde hellwach; als er das Klopfen hörte, wollte er zuerst »Herein!« rufen, ließ es dann aber sein, um seine Frau nicht zu wecken, stand auf und öffnete leise die Türe. Ein junger Mann stand draußen, sein Gesicht war braun, und Stoppel stachen aus den eingefallenen Wangen; er trug ein weißes Hemd, eine cremefarbene Leinenhose und Sandalen an den nackten Füßen.

»Was wünschen Sie?«

»Spiegel, Moritz Spiegel mein Name. Baron Lorenz von der Arenfurth hat mir geraten, mich an Sie zu wenden, Herr Kommissär. Es ist mir etwas Gefährliches passiert ... Könnte ich nicht ein paar Minuten mit Ihnen sprechen? Vielleicht – wenn ich Sie nicht zu früh störe – könnten Sie mich nach Ascona begleiten. Geht das? Ich kann Ihnen dann auf dem Weg erklären, was mir passiert ist.«

»Warten Sie unten auf mich«, sagte Studer flüsternd, doch sehr verärgert und schloss die Türe. Er lauschte und hörte leise Tritte sich entfernen. Seufzend begann er seine Kleider zusammenzusuchen, öffnete die Läden einen Spaltbreit, weil ihn die Beschaffenheit des Wetters interessierte. Es war schön – und schien den Tag über schön bleiben zu wollen. Der Sonnenball schwebte über einer Bergspitze auf der anderen Seite des Sees, seine Strahlen zeichneten auf die Wasserfläche einen breiten

Weg, der in seiner matten Farblosigkeit wie geschmolzenes Blei aussah.

Die Morgenluft war schon warm, darum ließ der Kommissär den Kittel über der Lehne eines Stuhls hängen. Dann stand er neben dem Doppelbett, blickte auf das Gesicht seiner schlafenden Frau und ärgerte sich, weil es müde aussah und die Oberlider geschwollen waren. Natürlich hatte sie wieder bis spät in die Nacht lesen müssen – ein halb aufgeschnittener Roman mit einem blöden Titel lag auf dem Nachttisch –, und warum? Weil ihr Mann schweigsam war? Weil er sich nicht genug mit ihr abgab? Wirklich, eine Ehe war nicht immer leicht, und bisweilen hatte man sie satt. Und darum war Jakob Studer an diesem Morgen zufrieden: einen Tag ohne Gattin verbringen zu können ... Denn eines war sicher: Manchmal sind Ferientage unangenehmer als jene anderen, da die sogenannten Berufspflichten achtzehn Stunden von vierundzwanzig füllen und man heimkommt, um schnell das Essen hinunterzuschlingen, um tief und traumlos zu schlafen ...

Er schrieb mit Bleistift auf ein Papier: »Nicht auf mich warten. Weiß nicht, wann ich heimkomme. J.« Dann strich er die Silbe »heim« vor dem Wort »kommen« durch und fügte hinter dem »J.« der Botschaft noch zwei Worte an: »Mach's gut!« Mit dem Rufzeichen war er besonders zufrieden.

Während er die Treppen hinunterstieg, kreuzten sich viele Gedanken in seinem Kopf. Der Mann, den der frühe Besucher genannt hatte, Baron von der Arenfurth, fiel ihm ein, der einmal Militärattaché in Bern gewesen war – anderthalb Jahre nur, gerade vor dem Waffenstillstand – und ihm zwei französische Spione ausgeliefert hatte. Nach den Novembertagen 1918 war der Baron verschwunden – ein großer, massiger Mann, dessen runder Kopf etwas Kindliches hatte. Damals hatte er einen kurzen Schnurrbart getragen und oft mit Studer in einem Café Billard gespielt. Was war aus dem Manne geworden? Seit wann lebte er in Ascona? Man würde sehen. Ein zweiter Gedanke Studers beschäftigte sich mit der Tatsache, dass er in Hemdsärmeln fortging, statt den schwarzen, dünnstoffigen Alpakarock anzulegen, den er extra für den Süden gekauft hatte – dunkler Stoff war unangenehm in der Hitze, aber wenn man in Hemdsärmeln herumlief, sollte man sich eigentlich einen Gürtel kaufen, um die Hose zu halten, denn graue Hosenträger sahen auf blauem Perkalgewebe ziemlich hässlich aus. Ein Gürtel hingegen schnürt wieder den Bauch ein, der schon jetzt dick wurde, obwohl man erst zweiundvierzig Jahre zählte. Mit einem Gürtel sah der Bauch aus wie ein riesiges Weggli, dessen Einbuchtung waagerecht lag. Item …

Der Portier, der eine grüne Schürze vorgebunden hatte und den Speisesaal der Pension Mimosa mit einem Haarbesen kehrte, wurde stets Hans genannt, und Studer hatte erst vorgestern erfahren, dass er mit dem Familiennamen Wälchli hieß. Ein grauhaariger, kleiner Mensch, den er manchmal in der Nacht husten hörte, besonders wenn er aufstehen musste, um einem späten Gast die Eingangstür zu öffnen.

Wie hieß der junge Mann schon, der um fünf Uhr früh gekommen war, um einen schlafenden Kommissär der Stadtpolizei Bern zu wecken, und ein so merkwürdiges

Deutsch sprach – Schriftdeutsch mit einem kuriosen Schweizerdeutsch vermischt, das eine Mischung aus vielen Bundesidiomen war? Spiegel? Das Gesicht war sicher sehr mager, aß der junge Mensch nicht genug? Was trieb er? Warum kam er so früh?

»Hend Sie z'Morge g'ha?«, fragte Studer und stellte fest, dass er ebenfalls Bundesschweizerdeutsch sprach. Spiegel schüttelte den Kopf. – Es sei noch zu früh gewesen, nach dem Unglück habe er sich beeilen müssen.

Unglück? Was für ein Unglück? Ob er nicht deutlicher sein könne? … Kopfschütteln. Ein Blick auf den Portier, der beim Fenster – das eigentlich gar keins war, sondern wie eine Auslagenscheibe vom Boden bis zur Decke reichte – still und horchend stand, auf seinen Besenstiel gestützt. Studer fragte: »Hänsli, gits scho Gaffee?« Auch dort war die Antwort ein Kopfschütteln. Die Köchin komme erst um sechs Uhr, die Gäste stünden ja nie vor halb acht Uhr auf. Das stimmte, aber Studer ließ sich nicht entmutigen. »Hänsli, mach du uns Kaffee!«, sagte er milde und rasselte in der Tasche mit Münz … Das graue Gesicht am Fenster verklärte ein Lächeln, dann schlurfte der Mann zur Türe hinaus – nach fünf Minuten kam er wieder und erklärte, die Brühe da habe er für sich gemacht, darum sei sie so schnell parat gewesen …

Die beiden frühen Gäste waren schweigend einander gegenüber gesessen. Zwischen ihnen standen drei Stühle auf dem ungedeckten Tisch. Nun hob sie der Portier herunter und stellte sie auf den Boden, breitete eine Serviette auf das Tischlein und ging zwei Tassen holen; die Unterteller waren blau, am Rand trugen sie einen Kranz von gelben Mimosen: das Wappen der Pension.

»Cognac!«, befahl Studer. Die Schritte Hans Wälchlis waren unhörbar – er hatte seine Finken gegen ein paar Espadrilles mit Stricksohlen umgetauscht.

Der Kaffee war gar keine Brühe, sondern viel stärker als der Trank, der den Gästen am Morgen kredenzt wurde. Die beiden Männer, der junge und der ältere, schwiegen weiter, schlürften die tiefschwarze Flüssigkeit, machten sie – da sie heiß war – durch viel Cognac kühler. Unter halb geschlossenen Lidern beobachtete Studer seinen neuen Bekannten. Nichts Auffälliges war eigentlich an seinem Gesicht zu beobachten. Gewiss, die Zähne waren groß und gelblich – begreiflich, noch während die Tasse halb voll war, zog er schon ein Zigarettenetui, ein billiges, aus Tulasilber, bot dem Kommissär an, Studer schüttelte den Kopf und zog ein Paket Stumpen aus der Hosentasche.

Als die beiden fertig waren, standen sie wie auf Kommando zur gleichen Zeit auf und schritten zur Tür. Der Portier Hans Wälchli stand an der Tür, Studer klimperte wieder mit seinem Geld, zog ein Fränkli aus der Tasche …

»Märci, Herr Inspektor, märci, Herr Kommissär …« Merkwürdig, dass man noch nicht National- oder Bundesrat war. Dankbare Kellner waren nicht sparsam mit demokratischen Titeln. Eigentlich war es schade, dass man es in der Schweiz allenfalls zum Direktor brachte, aber nie zur Exzellenz …

Hinter den beiden fiel die Tür zu, nun klappten ihre Schritte auf dem Asphalt der Straße. Weiße Wölklein tanzten am Himmel, getrieben von einem Winde, der nicht zur Erde herabwollte, weil es ihm droben zu gut gefiel. Hier unten aber war die Luft schwül, und Studer fragte sich ein wenig ängstlich, ob nicht gegen den Nachmittag ein Gewitter oder ein Regenguss zu erwarten sei. Dann schielte er, während er den Kopf ein wenig senkte, nach seinem Begleiter. Dessen Schreiten war federnd, und der Kommissär fragte deshalb: »Wie alt sind Sie eigentlich?«

»Fünfundzwanzig.«

»Krieg mitgemacht?«

Kopfschütteln. Schweigen. Und diese Schweigsamkeit gefiel dem Kommissär. Er hatte Schwätzer nicht gern. Auch der junge Mann schien Gefallen an seinem Begleiter zu finden. Nach einigen Minuten stillen Bergabgehens erreichten sie den Bahnhof, gingen weiter durch eine enge Gasse, dann tat sich der Marktplatz vor ihnen auf, es war halb sechs, Karren, von winzigen Eseln gezogen, beladen mit Gemüse, fuhren an, hier und dort wurden Stände aufgebaut, und laute Diskussionen schwirrten durch die Luft.

Am Rand einer Wiese führte ein schmaler Weg gerade zur Autostraße; auf dieser liefen die beiden weiter, immer schweigend, dann kam eine Brücke, und etwa hundert Meter hinter ihr zweigte ein geschottertes Sträßlein ab, das bald anzusteigen begann.

»Und? ... Was ist eigentlich los? ... Warum hat Sie der Baron zu mir geschickt?«

»Ich weiß nicht, Herr Kommissär, ob nicht schon die Tessiner Polizei mein Häuslein besetzt hat«, sagte der junge Mann.

»Die Polizei? Warum die Polizei? Und wo wohnen Sie eigentlich?«

»Ich kann nur eine Frage auf einmal beantworten,

nicht wahr? Die Polizei wird wahrscheinlich schon oben sein, weil ich meiner Freundin gesagt habe, sie soll nach Locarno telefonieren, den Kommissär Tognola verlangen …«

»Was? Tognola ist in Locarno?«

»Ja … Kennen Sie ihn?«

»Das ist schon lange her … Wir waren zusammen in Wien, vor dem Krieg, bei einem Kriminalistenkongress. Ein guter Kerl – ich bin nicht schlecht mit ihm ausgekommen. Wir sind zusammen in die Schweiz zurückgefahren und haben damals acht Tage Ferien zusammen verbracht. Fußtouren, verstehen Sie?«

»Die Polizei wird kommen, wenn meine Freundin wirklich meinen Befehl ausgeführt hat – weil ich durch Zufall gestern Nacht – Verzeihung, eigentlich heut Morgen, denn es war halb zwei, drei Meter von einem Waldweg entfernt, gerade dort, wo er in die Straße einmündet, auf der wir jetzt steigen – eine Frauenleiche gefunden habe. Zeugen habe ich zwar – den Doktor Knoch, der mich begleitet hat, wir waren beide bei ihm eingeladen gestern Abend, meine Freundin und ich, der Baron, zwei Maler, mein Freund Zellwag, der Schriftsteller, und seine Frau sowie Robert Brülsiger mit dem Trudi und …«

»Nicht zu viele Namen bitte, Herr Spiegel! … Übrigens, wie schreibt sich Ihr Name? Spiegel?«

»Nein … S-P-I-G-L. Wollen Sie sich das schon aufschreiben?«, fragte er, weil er sah, dass Studer ein Notizbuch aus der hinteren Hosentasche zog, die Spitze eines Bleistifts mit der Zunge ableckte und zu notieren begann. Der Kommissär nickte.

»S-P-I-G-L«, wiederholte er. »Gut. Geboren?« –

»Siebenter Zweiter sechsundneunzig in Wien, Heimatgemeinde Koppigen, Kanton Bern.«

Studer blickte von seinem Notizbuch auf – ein dickes Wachstuchheft mit karierten Seiten. »So«, brummte er. »Schweizer sind Sie? Ich hab Sie fast für einen Fremden gehalten. Na ja, Sie sind ja Auslandsschweizer.« Innerlich dachte er, dass dieser Spigl, dessen Namen zwei »e« fehlten, um ein richtiger Spiegel zu sein, mindestens einmal schon einem Verhör unterworfen worden war, sonst hätte er wohl nicht eine so genaue und fehlerlose Auskunft gegeben – eine Auskunft, mit der jeder Schroter zufrieden gewesen wäre ... Was ihn jedoch noch mehr erstaunte, waren die nächsten Worte seines Begleiters. »In Bern hat mich einmal der Postenchef im Bahnhof ausgefragt – damals verstand ich noch wenig Schweizerdeutsch –, und als er mich fragte: ›G'schlecht?‹, sah ich ihn verwundert an und sagte: ›Natürlich männlich.‹ Er musste mir zuerst erklären, dass er meinen Familiennamen wissen wollte.« Der junge Mann lachte leise und setzte sich wieder in Gang. Federnd marschierte er einen Schritt vor Studer, schüttelte den Kopf, als sei ihm vieles nicht recht klar, und der Kommissär folgte ihm schweigend, während er versuchte, sich an einige der vor Kurzem aufgezählten Namen zu erinnern. Doch nur einer fiel ihm ein: »Knoch« – wahrscheinlich, weil es wie eine Abkürzung von »Knochen« klang –, und so notierte er ihn. Hatte sein Begleiter diesem Knoch nicht einen Titel gegeben?

»Doktor Knoch, nicht wahr?«, fragte Studer. Der Vorausgehende nickte bloß. »Also eine Tote haben Sie in der Nähe Ihres Hauses gefunden?«

Der junge Mann blieb stehen und wandte sich um. »Vielleicht habe ich mit dem Wort ›Haus‹ übertrieben«, sagte er leise und senkte die Oberlider. »Es ist nur eine uralte Mühle, die ich möbliert gemietet habe. Das Gebäude liegt rechts von dieser Straße, und zwar dort, wo sie ganz eben wird, gerade vor der Biegung. Diese Biegung ist fast rechtwinklig, nachher schlängelt sich die Straße den Abhang entlang nach Ronco. Fünfhundert Meter etwa muss man noch gehen, dann zweigt links ein Weg ab, der zum Hause von Gottfried Knoch führt. Von Doktor Gottfried Knoch ... Nein, nein« (eine abwehrende Bewegung mit flacher Hand), »ich weiß schon, was Sie fragen wollen. – Er ist kein Mediziner, der Doktor Knoch, sondern ein Privatgelehrter. Nationalökonomie, glaub ich, und Philosophie ... Ja, jetzt erinnere ich mich, Dr. phil. ist er.«

»Warum haben Sie aber mit dem Baron, wie Sie ihn nennen, über diesen Fall sprechen können? Kennt Herr von der Arenfurth die Tote etwa?«

Ein merkwürdiger Blick aus den braunen Augen – warum erinnerten sie bloß an die eines Eichkätzchens? Vielleicht war das falsch, denn Studer konnte sich nicht entsinnen, ob die Augen jenes Tierleins braun waren. Immerhin ...

»Wir können nicht immer stehen bleiben, Herr Kommissär« – fast streng klang dies –, »sonst kommen uns die anderen zuvor. Ich kann ja im Gehen erzählen.«

Von Doktor Knochs Haus führte ein Weg fast senkrecht hinunter zur Autostraße, auf der es nach Brissago und weiter an die Grenze ging, und ein anderer, ebenfalls senkrecht, doch den Berg hinauf. Die Gesellschaft hatte sich um viertel zwei getrennt, die einen waren den Berg hinuntergegangen, und nur Spigl mit seiner Freundin und Knoch nahmen den Weg aufwärts ...

Frage Studers: Wie die Freundin heiße? Aufklappen des Notizbuches, der Bleistift wartete ... Spigl zögerte, dann: Sie sei baltischen Ursprungs, Mosegrell, ja, zwei »l« am Ende und auf der letzten Silbe betont. Vornamen: Elisabeth [Beatrix]. Früher habe sie sogar ein »von« gehabt, es jedoch abgestreift nach den Kämpfen um Riga. Zwar sei sie schon während des Krieges in der Schweiz gewesen – Tanzlehrerin, dann Kunstgewerbe ... Das Letztere betreibe sie auch jetzt und sorge damit ein wenig für den Haushalt ...

»Was haben Sie für einen Beruf?«

Schwaches Lächeln. »Ich? ... Weiß nicht ... Wollte studieren, begann in Zürich ... Chemie, ja ... Aber mein Vater konnte mir kein Geld mehr schicken, da hab ich probiert, mich mit Privatstunden durchzuschlagen. Bin fast verhungert. Habe dann geschrieben, Artikel, kleine Geschichten, einmal etwas Längeres, einen Genfer Roman, den hat mir eine Zeitschrift angenommen und gut gezahlt. Von dem Geld lebe ich jetzt ...«

Studer war im Bild – oder glaubte es wenigstens zu sein. Ein Bohemien, wie man solche Leute nannte, keinen festen Beruf, leben von der Hand in den Mund ... »Wollen Sie nicht heiraten?«, fragte er.

Antwort: »Ich möchte schon!« Das klang ganz wienerisch ... »Aber wir können nicht, weil ich ... weil ich ... unter Vormundschaft bin ...«

Mhm ... Studer kannte das. Und weil er Bescheid wusste, ging er schweigend weiter.

»Sie möchten natürlich gerne wissen, Herr Kommissär« (das Schweigen hatte wieder einmal genützt), »warum ich zu Ihnen gekommen bin. Es war nämlich ganz deutlich, dass die Frau neben dem Waldweg ermordet worden ist …«

»Deutlich?«

»Ja, deutlich … Ein Messerstich, sagte Doktor Knoch. Unter dem linken Schulterblatt … Wahrscheinlich ein Herzstich. Der Tod ist vor fünf oder sechs Stunden eingetreten, sagte Doktor Knoch. Denken Sie! Fünf Stunden! Eins weniger fünf macht acht … Das ist zwar keine konkrete Rechnung, aber Sie verstehen doch, was ich meine? Um acht muss man sie erstochen haben, und ich bin erst um halb neun zu Doktor Knoch gekommen, verspätet, allein …«

»Ohne Ihre Freundin?«

»Allein, sage ich! Liso [Siss] war schon um acht Uhr dort. Und ich … ich bin zu Hause geblieben, weil ich an meiner Novelle gearbeitet habe und sie gern beendet hätte. Um diese Zeit aber geht niemand über die Straße. Also wird der Verdacht auf mich fallen …«

»Wieso? Die Leiche lag dort neben einem Waldweg?«

»Ich habe Ihnen schon gesagt: gerade dort, wo der Waldweg in die Straße einmündet. Und übrigens … Auf dem Sträßlein waren Blutspuren zu sehen.«

»Wie haben Sie das feststellen können?«

»Erstens war Vollmond. Zweitens hatte Herr Doktor Knoch eine Taschenlampe bei sich.«

»Und dann?«

»Wir haben die Frau aufgehoben und ins Haus getragen.«

»Was?« Sehr scharf klang dieses Fragewort. »Wer hat Ihnen diese Dummheit angeraten?«

»Wer? Ich weiß nicht. Alle drei haben wir daran gedacht. Wir wussten doch nicht, ob die Frau tot war …«

»Wenn der Doktor doch behauptete, dass sie vor fünf Stunden gestorben war.«

»Das sagte er erst bei uns daheim. Nicht vorher. Dort untersuchte er die Leiche, denn er behauptete, er verstehe etwas von Medizin. Dieser Doktor Knoch hat allerlei studiert. Vielleicht auch Medizin.«

Studer nickte, schwieg. Die beiden redeten kein Wort mehr, denn die Straße begann steil in die Höhe zu klettern. Dann mündete sie auf eine flache Hochebene, auf der niedere Laubhölzer wuchsen. In der Ferne war eine Lichtung; auf ihrer Mitte stand ein altes Holzhaus.

»Das ist die Molina«, sagte Spigl. »Dort wohnen wir.«

Studer keuchte. Der Aufstieg hatte ihn ermüdet. Gepresst fragte er: »Molina? Das heißt doch Mühle?«

»Es war auch eine Mühle. Wenn Sie davorstehen, werden Sie deutlich auf der anderen Seite das alte Rad sehen und die Holzrinne, die das Wasser führt. Übrigens gibt es noch eine zweite Mühle, weiter unten. Aber die ist ganz verfallen. Neben ihr haben wir die Frau gefunden.«

»Wenn Sie mir nun erklären könnten, warum Sie die Leiche ins Haus getragen haben.« Spigl schwieg und starrte auf den Weg. »Sie wollen nicht? Ich kann Ihnen immerhin sagen, dass dieser Transport die größte Dummheit war, die Sie haben begehen können.«

Achselzucken. Stummheit.

Die Mühle

Auf der Schwelle des offenen Hauses saß eine Frau, deren kurz geschnittene Haare von so hellem Blond waren, dass sie schimmerten wie Weißgold. In der Hand hielt sie eine dünne Gerte und neckte mit ihr eine junge Katze, die bisweilen hoch in die Luft sprang. So vertieft war die Frau in dies Spiel, dass ihre Augen erst aufblickten, als Studers massige Gestalt einen breiten Schatten auf den Weg warf. Nun erhob sich die Sitzende, ihr gelbes Kleid bauschte sich auf, denn es war weder kurz noch eng am Körper anliegend, wie es die damalige Mode vorschrieb, sondern glockenförmig und so lang, dass es fast bis zu den nackten Knöcheln reichte. Die Füße waren wohlgeformt, gar nicht verbildet, die Zehen bewegten sich frei in den offenen Holzpantoffeln, die man hier Zoccoli nannte.

»Guten Tag«, sagte die Frau. »Bist du auch zurück, Emmo? Stell mich doch vor!« Ihre Augen waren grau, sehr groß, über dem breiten Mund stach die Nase vor, lang und spitz.

»Siss, dies ist Herr Kommissär Studer … Darf ich Ihnen meine Freundin vorstellen, Fräulein Beatrix Mosegrell.«

»Sie kommen uns helfen, Herr Kommissär? Wie freundlich!«

Wie merkwürdig war dieses Deutsch! Merkwürdig

trocken und hart, dachte Studer, klingt die Sprache des Baltikums, und brauchte ein Wort, das ihm als Titel von Zeitungsnachrichten aufgefallen war, wenn dort von einem Schauplatz des Nachkrieges die Rede war.

Die gaupende Katze war geflohen; nun kauerte sie auf der entfernteren Hausecke, und Angst funkelte in ihren Augen. Studer liebte Tiere, darum ging er lockend auf sie zu. Sie floh weiter, und der Kommissär blieb stehen. Neben dem Haus breitete sich ein Wieslein aus, auf dem das Gras hoch stand. Etwas Graues lag zwischen den grünen Halmen. Studer bückte sich, und seine Hand, die er ausgestreckt hatte, zuckte zurück. Ihn ekelte plötzlich: denn beinahe hätte er eine tote und steife Katze berührt.

Der baltische Dialekt ... Die tote Katze ... Und das Spiel mit dem lebenden Tier, während ein totes nur wenige Meter entfernt lag und im Hause die Leiche einer Frau aufgebahrt war. Aufgebahrt? Das war sicher übertrieben. Ansehen aber musste man sie wohl, am besten, bevor die Tessiner Polizei anrückte. Langsam schritt Studer zu den beiden Menschen zurück, die vor der Haustür schweigend und mit gesenkten Köpfen standen.

Beatrix Mosegrell blickte nicht auf, als der schwere und breitschultrige Mann dicht neben ihr stand. In den Boden hinein sprach sie: »Wahrscheinlich haben Sie noch nicht gefrühstückt, Herr Kommissär, und sind hungrig. Auch mein Freund ist nüchtern nach Locarno gelaufen. Wollen Sie nicht in die Küche kommen? Was trinken Sie lieber, Kaffee oder Tee? Wir trinken meistens Tee. Er ist gut und sehr wohlriechend.«

Studer hatte keine Lust, sich bewirten zu lassen. Die Fremdheit dieser Menschen machte ihn unsicher. Aber vielleicht wirkte es unhöflich, wenn er eine freundliche Einladung einfach abwies. Er brummte etwas Unverständliches, das sowohl Annahme als auch Ablehnung bedeuten konnte. Die Frau – oder war es richtiger, »das Fräulein« zu sagen – sie ging voraus.

Die Küche war ein viereckiger Raum und wirkte nur deshalb so groß, weil sie den ganzen unteren Teil des Hauses einnahm. Die Decke bestand aus Balken, eine hölzerne Stiege führte in einer Ecke ins obere Stockwerk. So schmal und so steil war sie, dass sie ein wenig einer Hühnerleiter glich. Studer ließ seine Blicke durch den Raum schweifen – doch konnte er nirgends einen Kochherd sehen. Einzig ein steinerner Kamin war gerade gegenüber der Eingangstür in die Mauer eingelassen, und neben ihm hingen an der Wand zwei schwarze Bratpfannen, und über schwelendem Holz stand ein Dreifuß.

Spigl verließ den Raum, und der Kommissär setzte sich auf einen Küchenstuhl ohne Lehne, legte die Unterarme auf die Schenkel, faltete die Hände und wartete. Der Blasebalg, mit dem die Frau das Feuer schürte, quietschte. Draußen musste ihr Freund Holz zerkleinern; das Fallen des Beils auf den Klotz zerhackte die Stille.

»Und wo liegt die Tote?«, fragte Studer. Ein Zeigefinger wies nach oben; er war kurz und breit.

»War es nicht schwer, den Körper die Treppen hinaufzutragen?«

Nicken. Flämmlein tanzten über dem halb verkohlten Holze – rötliche gab es, die in Gelb übergingen –, dann erinnerte ihre Farbe an das Kleid, das bisweilen im Zugwind tanzte, der durch die Türe drang.

Durch die Mauer in Studers Rücken drang eintöniges Rauschen. Die Beilschläge draußen schwiegen; der junge Mann kam zurück und trug auf dem Arm eine Beige kleiner Prügel. Er ging zum Kamin, schichtete die Holzstücke auf das erwachte Feuer, nahm seiner Freundin den Blasebalg aus den Händen. Nun kniete er auf den Steinen, Fräulein Mosegrell wollte mit einem blauen Emailtopf zur Türe hinaus, als Studer sie mit einer Frage aufhielt. »Haben Sie an die Polizei telefoniert?«

Nicken – ein gnädiges Nicken war es. Dann die Antwort.

»Im Süden ist die Polizei bequem. Tognola liebt es, wie mir scheint, lange zu schlafen. Übrigens ist auch mein Italienisch wahrscheinlich schwer verständlich – darum habe ich es, ganz umsonst übrigens – mit Französisch versucht. Der Sekretär verstand ein wenig und sagte dann, vor acht Uhr morgens sei niemand im Bureau. Was denn passiert sei, wollte er wissen. Ich sagte nur: ›Un accident mortel.‹ Ob das richtig war, weiß ich nicht. Immerhin hat der Mann am anderen Ende des Drahtes versprochen, die Nachricht weiterzugeben. Aber vor neun Uhr werde sicher niemand in die Molina kommen.« Sie senkte wie grüßend den Kopf, im Sonnenlicht glänzte ihr Haar, und Studer hörte, wie sie ein trauriges Lied summte, wahrscheinlich einen Choral.

Der Blasebalg quietschte eintönig – fast wäre Studer auf seinem Stuhle in Halbschlaf gefallen. Seine Lider senkten sich, er atmete schwer, Rauch stach ihn in die Nase, sicher hatten diese beiden kein trockenes Holz, sondern gingen in den nahen Wald halbdürre Äste sammeln. Um wieder wach zu werden, kramte er in seiner

Hosentasche, zündete einen Stumpen an. Der Tabak roch widerlich; dran war das Kaminfeuer schuld.

Der Kommissär stand auf, streckte sich und fuhr mit dem Daumen an der Innenseite der beiden Trägerbänder entlang.

»Ich geh schnell nach oben ...«, sagte er laut. Dann leiser: »Muss doch die Leiche sehen. Oder?« Eine hohe Flamme prasselte in die Höhe, die Gesichtshaut des jungen Mannes glänzte wie gehämmertes Kupfer.

Eins, zwei, drei ... fünf ... Nun ragte der Kopf schon in den Oberraum. Acht ... zehn ... zwölf ... vierzehn ... Ein Zimmer, halb so groß wie die Küche, weil eine braun gestrichene Holzwand es in der Mitte teilte. Drei niedere Fenster, an jeder Außenwand eins. Unter den offenen Flügeln stand eine Couch, ein Ruhebett mit einer Decke aus grünem Plüsch, die so lang war, dass die weißen Fransen an den Seitenrändern auf dem Boden lagen; dünne Blätter hingen reglos an dünnen Ästen, laut rauschte draußen das Wasser durch die hölzerne Rinne, stürzte an einem halb verfaulten Rad vorbei, hinab in ein seichtes Becken, auf dessen Grund Sand lag, schwärzlich wie Silberplättchen. Lange stand Studer am Kopfende der Couch und starrte ins Freie – er wollte das schmale weiße Tuch nicht anrühren, unter dem ein Körper liegen musste, ein magerer Körper. Endlich nahm der Kommissär einen Zipfel zwischen Daumen und Zeigefinger, hob ihn ...

Und ließ ihn sanft wieder fallen.

Regungslos blieb er stehen. Dachte nach, strich mit der flachen Hand über die kurzen Haare. Seine Lippen bewegten sich, ohne einen Laut zu bilden. Er schloss die

Augen, Daumen und Zeigefinger hielten die Lider fest, denn er suchte ein Bild, das verschwommen irgendwo in seinem Kopf steckte und nicht deutlich werden wollte.

Endlich! ... Da war es! ... Keine Zeichnung, kein Gemälde, nein! Bewegung, Farbe, Worte ... Mit einem Film ließ es sich nicht vergleichen, weil ein Film stumm war (wobei vielleicht daran erinnert werden muss, dass der Tonfilm im Jahre 1921 noch unbekannt war.).

Das Bild, besser die aufeinanderfolgenden Bilder aber stellten Folgendes dar: Zuerst ist der Ankunftsraum der Pension Mimosa zu sehen, abends um sieben Uhr. Der Portier Hans schleppt zwei Koffer herein, ihm auf dem Fuße folgt ein Mädchen – obwohl es jung ist, trägt es auf dem Hinterkopf eine hochgeschichtete Frisur. Einen Chignon. Sie trägt ein Tailleurkleid, Rock und Jacke aus grauer Wolle, die weiße Bluse (im Ausschnitt zu sehen) ist aus weißer Seide und hochgeschlossen. Ein Kragen bedeckt den dünnen Hals. Das Gesicht? Nicht ganz deutlich zu sehen, weil ein Hut aus schwarzem Stroh einen dunklen Schatten darauf wirft ... Der Portier steigt die Treppen hinauf, der neue Gast verhandelt am Bureauschalter mit der Besitzerin – und spricht französisch. Fragt, ob sie hier wohnen dürfe, wohnen und essen, obwohl sie schwer krank gewesen und eigentlich noch Rekonvaleszentin sei ... Eine böse Krankheit, Lungenentzündung, Brustfellentzündung, in den letzten Wochen habe sie sogar einen Blutsturz gehabt – ob dies niemanden störe. Studer sieht die Wirtin erschreckt [...]

[Das Manuskript bricht mitten auf der Seite ab.]

1938

Studer im Süden

Einige Leser schreiben mir: »Lieber Glauser, ich habe gewusst, wer der Täter war.«

Was soll ich darauf antworten? Der Mörder ist ein Mensch wie jeder andere, dem wir im alltäglichen Leben begegnen. Dass er entdeckt wird, ist letztlich nicht entscheidend. Ich will weder erleichtertes Aufatmen, noch überraschende Wendungen. Die Geschichte braucht nicht unbedingt ein Ende; die Geschichte hört auf – sie ist ein Stück Leben, aber das Leben geht weiter, unlogisch, fesselnd, traurig und grotesk zugleich. Ich habe stets versucht, schlicht zu bleiben, mich verständlich zu machen. Aber auch jene zu enttäuschen, die nach den ersten zehn Seiten hastig das Buch durchblättern, um herauszufinden, wer der Mörder ist.

Selbst ich kenne den Mörder nicht. Das hilft mir für gewöhnlich beim Schreiben, aber diesmal schaffe ich es nicht einmal, zu beginnen. Ich habe mich direkt zwingen müssen, *Die Fieberkurve** fertig zu machen, denn ich möchte so gern einen Roman in der Ich-Form schreiben. Das Ganze wird knapp nach dem Krieg spielen und vielleicht wirklich lustig werden. Lustig – sagen wir, einen anderen Ton haben als die früheren. Unglücklicher-

* F. Glauser, *Die Fieberkurve*, Zürich, Morgarten, 1938. Der 1935 verfasste Roman ist der zweite mit Wachtmeister Studer als Protagonisten.

weise handelt es sich um eine wahre Begebenheit; und erst wenn man versucht, Personen, die man – wenn auch vielleicht nur flüchtig – gekannt hat, vor fremden Augen lebendig erscheinen zu lassen, merkt man, wie schwierig ein solches Vorhaben ist.

In den verworrenen Abschnitten von Spiegel waren die Figuren allesamt unglaubwürdig. Angefangen bei Spiegel selbst. Sogar Studer. Das geht nicht. Ich versuche, die Leser in kleine Zimmer zu locken, die sie nie zuvor gesehen haben. Ich möchte, dass die Figuren beim Lesen wahrhaftiger wirken als die eignen engsten Bekannten, ich will, dass das Alltagsleben in einem neuen Licht erscheint. Ich habe versucht, die vierhundert Seiten von Spiegel umzuschreiben, doch es mangelte allem an Echtheit, wobei ich unter Echtheit jenes Geheimnisvolle, Zauberhafte verstehe, das zwischen den Zeilen, zwischen den Worten haust und eine vergangene Zeit wiedererstehen lassen kann, mit den Menschen dieser Zeit und den Worten, die sie sprachen, den Gedanken, die sie dachten.

Die Geschichte trug sich ausgerechnet in jenen Jahren zu, als ich in Ascona lebte, in der Mühle, in der später auch Spiegel gelebt hat. Diesen zufälligen Umstand habe ich weiterentwickelt und Spiegel so gezeichnet, als handle es sich um mich: die Universität, Chemie, sogar *Der Heide**, die in Genf spielende Geschichte, dank der ich ein Auskommen hatte.

In Wahrheit hat die ganze üble Angelegenheit ein paar

* *Der Heide* ist das erste umfangreichere Werk Glausers, das er vermutlich 1918 schrieb und das in fünf Folgen (von Mai bis September 1921) in der Zeitschrift *Die Schweiz* erschien.

Jahre später stattgefunden. Aber ich glaube, dass der Roman in jedem Fall 1920 oder '21 spielen wird. Ich habe ihn schon drei Mal begonnen, denn es ist immer das Gleiche: Plötzlich merkst du, dass du noch nichts ausrichten kannst, dass der Roman in die Binsen gegangen ist.

Es ist mir, auch wenn es mir ganz schlecht gegangen ist, immer gewesen, als hätte ich etwas zu sagen, etwas, was außer mir keiner imstande wäre auf diese Art zu sagen. Es ist gleichgültig, ob diese Überzeugung beweisbar ist oder nicht, ob sie in die Kategorie der Lebenslügen einzureihen – oder ob sie echt ist. Genug, sie war immer da, sogar, wenn auch sehr schwach, in den Perioden des Nihilismus.

Wenn ich Morphium genommen habe, während ich *Der Chinese** zu Ende schrieb, dann deshalb, weil ich zu viel zu sagen und zu wenig Zeit hatte. Dann ist es zu der Internierung in die Klinik Friedmatt gekommen, wo ich im Bad gestürzt und auf den Kopf gefallen bin. Ich dachte, ich würde überhaupt nicht mehr schreiben können. Doch ich spüre, dass der Augenblick gekommen ist. Berthe ist hier bei mir, in Nervi – auch wenn wir kein Geld haben, werden wir heiraten, derweil ich den Plan eines Schweizer-Romans verfolge, den ich sehr groß will. Doch zuvor werde ich diesen *Studer im Süden* beenden (der Titel gefällt mir nicht) und versuchen zu zeigen, wie Studer bis zur Seele der Menschen vordringt.

Ich habe ein ganzes Jahr in Ascona gelebt, bis das Morphium die Oberhand gewonnen hat. Mein Verhalten

* F. Glauser, *Der Chinese*, Zürich, Morgarten, 1939.

wird denen, die mir nahestanden, sicher unverständlich erschienen sein. Aber ich habe viel gelernt dort in Ascona. Das Wichtigste ist die Einsicht, dass man Geistesprodukte nicht überschätzen darf, und besonders sich selbst nicht als Schöpfer dieser Geistesprodukte. Denn was wir zu sagen vermögen, die Worte und Bilder, mit denen wir, schwach nur, zu wirken versuchen, sie hängen nicht von unserem Willen ab. Sie werden uns geschenkt, und als Geschenk haben wir sie zu betrachten. Wir haben kein Recht, uns viel auf unser Können einzubilden. Und Eitelkeit ist leider sehr häufig.

Ohne mir etwas einzubilden, beginne ich also von vorn; gewiss *ma méthode sera justement de ne pas en avoir**, und diesmal wird sich zeigen, ob …

[Das Manuskript bricht mitten auf der Seite ab.]
1938

* Dt.: »Meine Methode besteht darin, keine Methode zu haben.« Womöglich nimmt Glauser hier Bezug auf eine Formulierung des belgischen Schriftstellers Georges Simenon (1903–1989). In seinem Roman *Le chien jaune* (Fayard, 1931; auf Dt. zuletzt 2019 in der Übersetzung von Elisabeth Edl und Wolfgang Matz unter dem Titel *Der gelbe Hund* im Kampa Verlag erschienen) wendet sich Kommissar Maigret mit folgenden Worten an seinen jungen Gehilfen Leroy: »… Surtout en ce qui concerne cette affaire, dans laquelle ma méthode a justement été de ne pas en avoir … Si vous voulez un bon conseil, si vous tenez à votre avancement, n'allez surtout pas prendre modèle sur moi, ni essayer de tirer des théories de ce que vous me voyez faire …«

2
Ermittlung

Die Tänzerin

Es war noch dunkel, als Wachtmeister Studer sich vorsichtig anzog, um das Hedy nicht zu wecken, und dann die Treppen hinabstieg, wo er auf Hans Wälchli stieß, der neben dem Eingang schlief. Er trug eine grüne Schürze und hielt mit einer Hand den Haarbesen umklammert. Studer zögerte, ihn zu wecken. Aber für eine Begegnung mit Baron von Arenfurth brauchte er einen Kaffee. So rüttelte er sanft an dem Besenstiel, bis Hans aus den Tiefen des Schlafs emportauchte.

»Wer ist da?«, murmelte der Portier.

Studer sah ihn an, wartete, dass er ganz zu sich kommen möge.

»Ah, der Herr Kommissär … der Herr Direktor …«

Er war ein aufgeweckter Mensch, dieser Wälchli. Studer ließ sich einen starken Kaffee zubereiten, den er mit etwas Cognac auf Trinktemperatur brachte. In Hemdsärmeln trat er hinaus, warf sich die Alpakajacke über die rechte Schulter. Der Tag versprach heiß zu werden, und Studer dachte, dass es als Feriengast eigentlich seine Pflicht gewesen wäre, spät aufzustehen und ein Bad im See zu nehmen.

Stattdessen lief man doch tatsächlich noch vor Morgengrauen hinunter in den Ort und nahm, auf dem Marktplatz angekommen, auf einer Holzbank Platz. Abgesehen von einem fast kahlköpfigen Bauern war noch kein Mensch dort. Studer zündete sich eine Brissago an. Nach ein paar Minuten erhob er sich und trat auf den Bauern zu.

»Sole forte, oggi.«[*]

Der Mann sah ihn an. Er wischte sich den Schweiß mit dem Ärmel ab und fuhr dann fort, seinen Stand aufzubauen. Er verkaufte Käse, Wurstwaren, Obst und Gemüse. Studer deutete auf eine Kiste Pfirsiche.

»Frutti molto buoni.«[**]

»Kaufen wollen?«, versuchte es der Mann auf Deutsch.

Studer nickte. Über den Platz kamen eilig ein paar Fischer: Sie waren spät dran. Der Älteste grüßte den Bauern mit einem Zungenschnalzen. Studer zog etwas Rauch ein und erklärte dem Bauern dann, dass in Ascona wichtige Persönlichkeiten lebten. Künstler, Wissenschaftler, Adlige. Der Bauer wischte zwei Pfirsiche mit einem Tuch ab, wickelte sie in ein Stück Zeitung und reichte sie Studer. Der Wachtmeister streckte ihm fünfzig Rappen hin.

»Ich bin Feriengast, ich komme aus Bern. Wir haben in Bern auch einige Persönlichkeiten, aber nicht so wie hier. Hier gibt es diesen Baron … Aron… Ara…«

»Arenfurth«, sagte der Bauer. »Sie finden ihn oben in den Hügeln. Der Ort heißt Andrino. Er lebt in einer großen Villa.«

»Ah. Kann man die besichtigen?«

Der Bauer riss die Augen auf. »Nein!«

»Und was treibt der Baron den ganzen Tag?«

* Viel Sonne heute.

** Sehr gute Früchte.

»Er trinkt …«

»Und was noch?«

»Weiß nicht.« Der Bauer zuckte die Schultern. »Er trinkt viel.«

Als Studer ihm in Bern begegnet war, hatte er gern das ein oder andere Gläschen Kirsch zum Billardspielen genossen; er war allerdings kein Süffel gewesen. Aber mit dem Krieg verändern sich die Menschen …

Studer traf einen anderen Bauern, der auf dem Weg zum Markt war. Er hatte einen Maulesel dabei, den er mit zwei Käfigen voller Hühner beladen hatte. Für einen Franken ließ Studer sich von ihm zum Baron führen. Unter lautem Hühnergackern liefen sie bis zum Abzweig eines unbefestigten Wegs. Der Wachtmeister folgte ihm ein paar Kilometer und erreichte schließlich den Eingang zur Residenza von Arenfurth, wie es auf dem schmiedeeisernen Schild über dem Tor hieß. Es gab eine Glocke mit einer Schnur, doch Studer probierte, die Klinke hinunterzudrücken. Das Tor öffnete sich.

Studer nahm den blühenden Pfad mit den kleinen Steinbänken an den Aussichtspunkten. Die Sonne brachte die Seeoberfläche zum Schimmern, und zwischen den noch im Schatten liegenden Sträuchern zeichneten sich die roten Kamelien ab, unzähligen Blutflecken gleich. Studer lächelte bei diesem Ausflug seiner Phantasie. Das war eigentlich nicht seine Art. Ließ man sich etwa von Zierpflanzen, von Zitronenbäumchen einschüchtern? Die strahlende Fassade der erst kürzlich erbauten Villa flößte dem Polizisten Ehrfurcht ein. Aber schließlich hatte der Baron selbst ihn ja hergebeten, und so ließ Studer den Türklopfer gegen die massive Eichentür prallen.

Nach einer Minute öffnete eine Frau um die zwanzig, im Nachthemd.

Studer räusperte sich. »Ich möchte gern zu Baron Lorenz von Arenfurth.«

»Der schläft«, erwiderte die Frau. »Hier schlafen alle.«

»Und Sie?«

»Ich schlafe nie.« Die Frau lächelte. »Wollen Sie mir keinen Handkuss geben, ehrenwerter Herr Kommissär?«

In diesem Augenblick erkannte Studer sie. Es war die Frau, die er nach österreichischer Manier begrüßt hatte. Sie wirkte blasser, so im Morgenlicht ... Aber es war tatsächlich sie, die Tänzerin, die im rötlichen Feuerschein getanzt hatte, mit gen Himmel gereckten Armen.*

»Frau Daniella«, sagte Studer. »Ich habe Sie nicht erkannt. Nachts, im Dunkeln ...«

»Natürlich, verstehe. Nennen Sie mich einfach Daniella.«

Daniella reichte ihm die Hand, und Studer beugte sich etwas unbeholfen vor, um sie mit seinem Schnurrbart zu berühren. Das Nachthemd war kaum mehr als ein transparenter Schleier, der ihren kräftigen, sehnigen Körper zur Geltung brachte.

»Sie wohnen hier?«

»Ja ... Ich arbeite hier in der Residenza.«

In diesem Aufzug?, hätte Studer am liebsten gefragt. Doch er folgte ihr nur hinein. Sie durchquerten einen in Dämmerlicht getauchten Saal, in dem weiße Skulpturen

* Hier wird auf Szenen angespielt, die in der ersten Manuskript-Version fehlen.

zu erkennen waren. Dann brachte Daniella ihn über eine schmale Wendeltreppe in ein kleines, mit Teppichen ausgelegtes Zimmer, mit blau gestrichenen Wänden, einem Bett und einem Stuhl vor dem Ofen. Daniella nahm auf dem Bett Platz und legte die Hand neben sich, als Aufforderung an den Wachtmeister, sich zu ihr zu setzen. Studer zog lieber den Stuhl heran. Er fühlte sich unwohl in diesem Zimmerchen. Zu plump, zu alt, zu bernisch. Sie betrachtete ihn lächelnd, aus großen grauen Augen.

»Hat Ihnen mein Tanz gefallen?«

Studer nickte. Die Musik hatte ihm ein französisches Lied in Erinnerung gerufen, das er als kleiner Junge einmal gehört hatte. Es gab da einen Vers ... *Plein d'une ombre amoureuse ...*

»Er ist durch die javanischen Tänze des Fürsten Jodjani inspiriert. Charlotte, eine Freundin von mir, hatte mir davon erzählt ... aus ihr wird einmal eine große Tänzerin, im Gegensatz zu mir. Nächstes Jahr wird sie vielleicht eine Vorstellung im Kursaal von Locarno geben ...«

Studer hatte den Eindruck, dass die Frau, trotz ihrer ungezwungenen Art, angespannt wirkte. Verheimlichte sie etwas? Oder wollte sie ihn auf ein Detail hinweisen, ohne es explizit zu benennen?

»Haben Sie die Schule von Rudolf von Laban besucht?«

»Ich wusste gar nicht, dass sich Polizisten mit modernem Tanz auskennen ...« Die Frau lachte. »Tanzen Sie etwa auch?«

Der Wachtmeister antwortete nicht.

»Jeder Mensch ist ein Tänzer, sagt von Laban. Jede

Geste des Körpers, jede Bewegung offenbart etwas von uns. Jeder kann zum Ausdruck bringen, was er ist, oder was er gerne sein möchte …«

Die letzten Worte blieben in der Schwebe, als sei Daniella der Schwung ausgegangen.

Studer ließ die Stille immer schneidender werden, während die Tänzerin zusammen mit ihrer Heiterkeit auch ihre Sicherheit verlor.

»Die Frau, die umgebracht worden ist. Wie hieß sie?«

»Anja Peters.«

»Kannten Sie sie?«

»Kaum.«

»Mochten Sie sie nicht?«

»Wir kamen gut miteinander aus. Aber sie war verschlossen. Sie sprach nie von sich, schenkte niemandem Vertrauen.«

»Sie war ebenfalls Tänzerin, nicht wahr?«

»Sie hatte ein möbliertes Zimmer, konnte sich das leisten.«

»Wohingegen Sie als Dienstmädchen arbeiten müssen. Welche Arbeiten verrichten Sie hier?«

»Ich … kümmere mich um den Baron. Eigentlich bin ich das Dienstmädchen seiner Frau, aber sie hat nach Holland gemusst.«

»Und der Baron ist allein zurückgeblieben. Warum schläft er noch?«

»Er ist spät zu Bett gegangen.«

»Kannte der Baron Anja Peters?«

Daniella hatte plötzlich einen merkwürdigen Blick. Studer fühlte sich an den von Spigl erinnert. Apropos, wo war der eigentlich hin? Sie würden sich zum Mittagessen sehen … Nachdem Spigl den Wachtmeister in der Nacht zuvor zur Pension begleitet hatte, war er nach Hause gegangen, um seine Wunde verarzten zu lassen. Studer kamen Zweifel, ob Daniella bei ihrer nächtlichen Begegnung überhaupt etwas bemerkt hatte.

»Armer Spigl …« Studer beugte sich auf seinem Stuhl vor, stützte die Arme auf die Schenkel und verschränkte die Hände. »Hoffentlich geht es ihm gut.«

Zwischen Daniellas Augen erschien eine kleine Falte.

»Wieso?«

»Haben Sie gestern Nacht nicht bemerkt, dass er verletzt war? Man hat auf ihn geschossen, während er mit mir zusammen unterwegs war. In einer Gasse in Ascona.«*

Die Frau sprang auf, ihr Gesicht war entsetzt.

»Man hat auf ihn geschossen? Das ist unmöglich …«

* Auch diese Szene fehlt in der ersten Version des Manuskripts.

Leute wie unsereins

Daniella sank zurück aufs Bett und ließ die Schultern hängen, gab ihre Tänzerinnenhaltung auf. Studer rührte sich nicht. Er ließ ihr Zeit, sich zu beruhigen, dann sagte er leise:

»Es ist nichts Schlimmes, Daniella. Ein Streifschuss.«

»Weiß der Baron davon? Der Baron hat gesagt, dass …«

Sie unterbrach sich. Studer rührte sich noch immer nicht.

»Was hat Ihnen der Baron gesagt?«, fragte er.

»Ich weiß nicht … gestern, als ich gekommen bin, war er wach … wir haben miteinander gesprochen.«

»Pflegt Baron von Arenfurth immer nachts mit seinen Dienstmädchen zu sprechen?«

Schweigen.

»Verzeihen Sie, wenn ich indiskret bin. Ich kenne nicht einmal Ihren Nachnamen.«

»Felder …«

Studer betrachtete das ebenso anheimelnde wie unpersönliche Zimmer mit den blauen Wänden. Wer war Daniella Felder wirklich?

Die Tänzerin, der es gelang, nachts die Zeit zum Stillstand zu bringen; das kokette Zimmermädchen; die blasse, erschrockene Frau, die fürchtete, Baron von Arenfurth zu verraten?

»Wann sind Sie nach Ascona gekommen?«

»Im Sommer 1913, zur selben Zeit wie Mary Wigman. Eine Zeit lang hat sie mich im Tanz unterrichtet.«

»Sind Sie während des Kriegs geblieben?«

»Damals erschien alles viel einfacher.«

»Haben Sie am Sonnenfest teilgenommen?«

Wieder musste sie über ihn staunen. »Ja … aber Sie …«

»Sie fragen sich, wie ein Polizist das Sonnenfest kennen kann? Diese ›vier Jahre‹* waren schwierig für uns. Wissen Sie, die Neutralität erfordert noch mehr Härte als der Krieg … Wir haben uns übrigens auch für Theodor Reuß interessiert.** Aber Baron von Arenfurth war seinerzeit nicht hier, oder?«

Daniella schüttelte den Kopf.

»Ich habe ihn in jenen Jahren oft in Bern getroffen. Sagen Sie, warum wollen Sie den Baron schützen?«

Der Schlag saß, traf sie unvorhergesehen. Sie verbarg das Gesicht zwischen den Händen, ohne dabei jedoch zu schluchzen. Studer kam auch diese Reaktion gekünstelt vor, wie Schall und Rauch. Aber auf was, außer Schall, Rauch und unausgesprochene Worte, war er in der Residenza bisher schon gestoßen?

* 1914–1918: die Jahre des Ersten Weltkriegs.

** Theodor Reuß (1855–1923): Deutscher Staatsbürger, Opernsänger, radikaler politischer Aktivist, Esoteriker, tantrischer »Sexualmagier«, Theosoph, Journalist, nicht regulärer Freimaurer, angeblicher Geheimagent, Meister des Orientalischen Templerordens OTO (Ordo Templi Orientis). 1917 veröffentlichte er in Ascona das Manifest der Hermetischen Bruderschaft des Lichts und organisierte einen Kongress zu verschiedenen politischen, sozialen, medizinischen und esoterischen Themen. Zu diesem Anlass führten die Mitglieder der Tanzschule von Laban einen rituellen Tanz – den *Sang an die Sonne* – auf, der vom Morgengrauen bis Sonnenuntergang dauerte.

»Welche Beziehungen bestehen zwischen Ihnen und Baron von Arenfurth?«

Daniella antwortete nicht, doch Studer wollte sie nicht drängen.

»Meinen Sie, der Baron ist inzwischen wach?«

Die Frau nahm die Frage wie eine Erlösung auf. Ohne ein weiteres Wort geleitete sie den Wachtmeister ins Erdgeschoss.

Sie gingen hinaus in den Garten, umrundeten die Villa und betraten einen geräumigen Pavillon mit hohen Wänden.

Studer fragte sich, woher Daniella wissen konnte, dass Arenfurth aufgestanden war und sich ausgerechnet in dem Pavillon aufhielt. Trotz der frühen Morgenstunde hatte sich die Sonne bereits über die Berge erhoben. Studer kam nicht mehr dazu, einen Blick auf die Uhr zu werfen, denn Arenfurth stürmte ihm mit einem Wortschwall entgegen.

»Jakob Studer! Wie lange ist es her … Wer hätte je gedacht, dass wir uns in Ascona wiedersehen … und nicht in Bern oder gar Deutschland. Tja, aber Leute wie unsereins haben kein Vaterland, Studer … oder sie haben viele. Wussten Sie schon, dass ich derzeit in Holland beheimatet bin?«

»Ja, Frau Daniella hat mir von Ihrer Gattin erzählt.«

Arenfurth runzelte die Stirn. Offenbar hatte er erst jetzt die Anwesenheit des Dienstmädchens bemerkt und wies sie nun durch ein Zeichen an, zu verschwinden.

Dann zeigte er Studer den weiten kreisförmigen Raum. Die Einrichtung war eine Mixtur aus Turnhalle und Empfangssaal: große Blumenvasen, ein von eleganten

Sesseln umrahmter Metalltisch, hölzerne Turnpferde, Hanteln, Schemel, Sprossenwände, eine Gymnastikmatte und eine Zielscheibe mit Pfeil und Bogen daneben.

Arenfurth trug ein Paar kurze Hosen und ein weites weißes Hemd, um seine Schultern hing ein Handtuch. Unter dem schmalen Schnurrbart hatte er sich einen kleinen Spitzbart wachsen lassen.

»Setzen Sie sich, Studer. Wollen Sie etwas trinken?«

Ohne eine Antwort abzuwarten, ging er eine Flasche Aquavit und zwei Gläser holen. Studer hatte nichts dagegen, sich ein Gläschen einschenken zu lassen, und stieß mit ihm auf nicht näher definierte »alte Zeiten« an. Der Baron beeilte sich, die Gläser erneut zu füllen, und kippte seines sogleich hinunter.

Der Aquavit und die Turngeräte gingen eine merkwürdige Verbindung ein. All das hatte etwas Unbegreifliches: das Dienstmädchen, das in durchscheinendem Nachthemd umherstreifte, der kernige und leutselige Baron.

Und dann diese Karte, die noch in Studers Tasche steckte, auf der Arenfurth selbst von einer »höchst gefährlichen Lage« und einer »unangenehmen Situation« schrieb.

»Ich danke Ihnen für Ihre Eilfertigkeit, Studer. Kommissär Tognola ist ein guter Freund, aber ich verlasse mich nicht voll und ganz auf ihn, verstehen Sie?«

Studer nickte. Er wartete darauf, dass Arenfurth auf den Punkt kommen möge.

»Ich habe gute Freunde hier in Ascona. Natürlich ist alles im Wandel begriffen. Der Monte Verità ist zu einem Künstlerhort geworden. Letztes Jahr sind Hofmann und

Oedenkoven* fortgegangen … ich weiß nicht, ob nach Spanien oder nach Südamerika … niemand glaubt mehr daran, die Vegetarier, die Licht-Luft-Hütten, die Seelenreform, der heilige Tanz …«

»Ihr Dienstmädchen ist Tänzerin«, bemerkte Studer.

»Ja, aber in den heutigen Zeiten findet sie keine Arbeit mehr …«

»Sagen Sie, kannten Sie Anja Peters?«

»Die Arme … niemand von uns kannte sie gut. Ich habe sie tanzen sehen. Aber sie war scheu, nach den Auftritten ist sie immer gleich verschwunden.«

»Daniella Felder ist nicht so verschlossen, oder?«

Arenfurths Stimme wurde dünner: »Was wollen Sie damit sagen?«

»Nichts. Hat Ihnen Daniella gestern Abend nicht erzählt, dass Spigl verletzt worden ist?«

»Sie hat mir nichts … aber, wer? … Spigl ist verletzt?«

»Hat er in der Nacht nicht hier vorbeigeschaut?«

»Ich habe ihn am Abend gesehen … auch er war übrigens sehr in Sorge.«

Studer beschloss, die Taktik zu ändern. Glücklicherweise hatte er an diesem Morgen ein frisches Taschentuch eingesteckt, nachdem er das alte verwendet hatte, um Spigls Arm zu verbinden. Er schob die Hand in die Tasche, in der er stets ein kleines Messer verwahrte, öff-

* Der belgische Industrielle Henri Oedenkoven und die deutsche Pianistin Ida Hofmann gründeten im Jahr 1900 eine naturistische Gemeinschaft, zunächst auf veganer, dann auf vegetarischer Basis. Zur Unterbringung der Mitglieder der Gemeinschaft erwarben sie Land auf dem Monte Monescia, den sie später in Monte Verità – »Berg der Wahrheit« – umtauften. 1920 verließen Hofmann und Oedenkoven Ascona und wanderten nach Brasilien aus.

nete die Klinge und ritzte sich den Zeigefinger. Derweil berichtete er Arenfurth von dem, was sich in der Nacht zuvor ereignet hatte. Er war allerdings fast sicher, dass Arenfurth bereits alles wusste.

»Sie haben mich rufen lassen, Herr Baron.«

»Nennen Sie mich lieber ›Doktor Arenfurth‹. Mit Titeln ist das nach dem Krieg so eine Sache …«

»Warum sagen Sie mir nicht die Wahrheit?«

»Was?« Arenfurth fuhr auf. »Studer … Sie belieben zu scherzen. Leute wie unsereins müssen sich gegenseitig vertrauen, finden Sie nicht?«

»Spigl ist gestern Nacht hier gewesen.«

»Wer hat Ihnen das gesagt? Weshalb diese Fragen?«

»Ich bin dabei zu ermitteln … darum hatten Sie mich doch gebeten. Es scheint, als könne Spigls Ruf durch den Mord in schlechtes Licht geraten.«

»Er hat mit dem Mädchen verkehrt …«

»Aber was haben Sie, Doktor Arenfurth, damit zu tun? Weshalb decken Sie Spigl?«

Arenfurth erhob sich. »Das ist jetzt wirklich langsam nicht mehr lustig.«

Studer zog das mit seinem eigenen Blut getränkte Taschentuch aus der Tasche.

»Ich habe Spigls Wunde gestern mit zwei Taschentüchern verarztet. Eins davon habe ich heute Morgen auf dem Pfad zur Villa gefunden. Sehen Sie? In der Ecke sind meine Initialen …«

Arenfurth setzte sich wieder und schenkte zwei weitere Gläser Aquavit ein. Beide tranken schweigend. Dann begann der Baron zu sprechen, den Blick auf den Tisch geheftet.

»Es ist eine heikle Geschichte, Studer.«

Der Wachtmeister hatte sich, wie zufällig, das Taschentuch um den Finger gewickelt, um so die kleine Wunde zu verbergen, die er sich selbst zugefügt hatte.

»Wir glauben eigentlich zu wissen, wer der Mörder ist. Und wir halten ihn für gefährlich. Er könnte erneut zuschlagen.«

Studer ließ ihn reden, wobei er sich insgeheim fragte, weshalb er den Plural verwendete.

»Bevor er Anja Peters tötete, hat er auch versucht, Daniella, das Dienstmädchen meiner Frau, anzugreifen. Er ist ein brutaler Kerl. Wir befürchten, dass er der örtlichen Polizei entkommen könnte.«

»Verstehe. Und Spigl?«

Arenfurth strich sich mit der Hand über die Stirn. »Spigl kannte Anja Peters. Und er kennt auch einen geistesgestörten Maler, der mich in Misskredit bringen will, weil er Adlige hasst ...«

»Also ist nicht nur Spigl in Gefahr«, bemerkte der Wachtmeister. »Inwieweit sind Sie selbst in diese Angelegenheit verwickelt?«

»Ich bin nicht darin verwickelt«, antwortete Arenfurth mit verzerrter Miene. Er erhob sich und lief auf einen Wandschirm am Ende des Pavillons zu. Sein Schritt war weniger elastisch, seine Stimme weniger fest. War der Aquavit schuld? Oder hatte Studer einen wunden Punkt berührt? Der Baron schob den Wandschirm beiseite, hinter dem sich ein mit einem Tuch verhängtes Gemälde verbarg. Er zog das Tuch beiseite und enthüllte das Bild. Dabei warf er Studer einen Blick zu, gleichsam zum Vorwurf für dessen Hartnäckigkeit.

»Ich bin nicht darin verwickelt, aber dieser Irre verfolgt mich …«

Auf dem Gemälde war vor einem vage angedeuteten Waldhintergrund Baron von Arenfurth zu sehen, wie er Anja Peters niederstach. Das Bildnis war äußerst naturgetreu. Studer trat näher. Er stellte fest, dass die Farbe durchgetrocknet war. Der Maler hatte Anja Peters' Tod also heraufbeschworen, als sie noch am Leben war. Die junge Frau hob, zu Tode erschrocken, die Hände, um sich zu schützen. Und der große, kräftige Baron von Arenfurth schwang das Messer.

Das Ikosaeder

Studer blieb ein paar Minuten allein, während »Doktor« von Arenfurth ging, um Moritz Spigl anzurufen, der offenbar in der Villa übernachtet hatte. Der Wachtmeister klappte das Notizbuch auf und notierte in seiner kleinen Handschrift, was er über den Mordfall wusste. Mit anderen Worten, so gut wie nichts.

Anja Peters: Tänzerin (introvertiert). Aus wohlhabendem Hause?

Moritz Spigl, Schriftsteller. Hat die Leiche in der Nähe seines Hauses (Molina) entdeckt. Hat den Körper weggeschafft! Hat von A. um Hilfe ersucht.

Jemand hat letzte Nacht auf mich und Spigl geschossen.

Von A.: Liebhaber von Daniella Felder? Sie Dienstmädchen von Ehefrau – Ehefrau in Holland.
Maler (Name?) hat von A. als Mörder gemalt – vor dem Mord.

Es gab ungeklärte Fragen. Spigl hatte Angst … hatte das etwas mit dem Schuss der vergangenen Nacht zu tun? Woher wusste der »geistesgestörte Maler«, dass Anja Peters von jemandem ermordet werden würde? Oder war es ein Zufall? In dieser Welt haben auch Zufälle Platz, hatte Reiß, mit dem Studer in Lausanne zusammengearbeitet hatte, immer gesagt. Und dann: Wer war dieser »brutale Kerl«, der laut Aussage des Barons Anja und Daniella bedroht hatte?

Studer trat näher an das Gemälde heran. Es war nicht schlecht ... vielleicht ein bisschen manieriert. Arenfurths Gesichtsausdruck war wild, mit verdrehten Augen. Die Haltung des Arms machte deutlich, dass die Klinge in Anja Peters' Brust landen würde. Das Opfer trug eine enge, ausgeschnittene Bluse, die aussah wie ein seidener Pullover, und hatte den Mund zu einem Entsetzensschrei aufgerissen. Die Bäume ringsum waren verkrüppelte, beunruhigende Gebilde.

In unmittelbarer Nähe des Gemäldes bemerkte Studer ein eigenartiges Turngerät. Es war eine Art geometrisches Gerüst, bestehend aus sich überkreuzenden Stahlrohren, mit kleinen Kugeln an den Schnittpunkten, wie die Nachbildung eines chemischen Elements. Linien, die zu Punkten führten. Wege von einem Faktum zum nächsten ... ein verborgener Plan ... Studer verspürte den Drang, das Gerüst in seinem Notizbuch abzubilden.

»Gefällt es Ihnen?« Eine Stimme unterbrach seine Gedanken. »Es ist ein Ikosaeder.«

Der Wachtmeister wandte sich um und erblickte Arenfurth, noch immer im Turnanzug, zusammen mit Moritz Spigl und Daniella Felder. Letztere trug dieselben ungewöhnlichen Kleider wie in der Nacht zuvor: kurze schwarze Hosen und eine ärmellose Bluse.

»Es ist ein Gerät, das von Laban erfunden hat«, fuhr Arenfurth fort. »Er hatte vor, mich damit zu trainieren, aber das ist nichts für mich ... ich bin zu dick!« Der Baron stieß eine Art Krächzen aus, das ein Lachen sein sollte. »Schauen Sie, Studer, es ist ein zwanzigseitiger Körper … der ideale Entfaltungsraum für einen Tänzer. Die Methode basiert auf vier Bewegungsfaktoren … Die Faktoren, also Raum, Zeit, Kraft und Fluss … diese Faktoren …« Arenfurth verlor den Faden. Er hüstelte. »Aber ich stehle Ihnen die Zeit … wir haben drängende Fragen …«

Studer kam der Gedanke, dass Raum, Zeit, Kraft und Fluss auch die Faktoren waren, die den Rahmen für eine Ermittlung steckten. Insbesondere die Kraft, also der Charakter der einbezogenen Personen, und der Fluss, also die Neigung der Dinge, ihren eigenen Lauf zu nehmen, ihrem eigenen Schicksal entgegen. Ein Polizist hatte manchmal nichts weiter zu tun, als abzuwarten und sich bereitzuhalten.

Spigl ergriff das Wort, wobei er seinen Giraffenkopf hin- und herwiegte. Er entschuldigte sich für das, was er als ein aus der Sorge um die herrschende Bedrohung erwachsenes »Theater« bezeichnete. Studer begriff, dass diese Bedrohung sowohl in dem nicht näher identifizierten »brutalen Kerl« als auch in der örtlichen Polizei zu suchen war, und zwar in Gestalt von Kommissär Tognola, der Spigl aufgrund gewisser »Geschichten« hätte verhaften lassen können.

Außerdem gab es noch die Presse, die möglicherweise »das Ansehen von Professor von Arenfurth beschmutzen« könnte. Studer dachte, dass Arenfurth mehr Seiten hatte als das Ikosaeder: Baron, Attaché der Gesandtschaft während des Krieges, vermutlich Spion, Turner, vielleicht Süffel, verhinderter Tänzer, Doktor und jetzt auch noch Professor.

Es wurde viel geredet, aber ohne Ergebnis. Der Baron beschwerte sich insbesondere über den anonymen Künstler, der ihm diesen üblen Streich gespielt hatte. Zum Glück habe Spigl das Gemälde gekauft, und niemand sonst habe es zu Gesicht bekommen. Während sie sich unterhielten, gelangte Studer zu der Überzeugung, dass die Beziehung zwischen Arenfurth und dem Dienstmädchen nicht dem ersten Anschein entsprach. Zwischen ihnen herrschten Einverständnis und gedankliche Übereinstimmung ... aber als Liebespaar konnte er sich die beiden schwerlich vorstellen. Ihrer Vertraulichkeit mangelte es an Leidenschaft, und wenn sie sich einmal zufällig berührten, konnte Studer keinerlei Spannung wahrnehmen. Dennoch sprach aus allen Bewegungen Daniellas etwas Sinnliches.

»Ich war unterwegs auf dem Weg von Ronco nach Arcegno«, begann Daniella ihren Bericht. »Ich wusste, dass an diesem Abend ein Treffen am Lagerfeuer stattfinden sollte, und ich wollte tanzen ... aber ich merkte, dass mich jemand verfolgte.«

»Haben Sie den Verfolger gesehen?«, fragte Studer.

»Ich habe ihn gehört ...«

Sie habe ihre Schritte beschleunigt, habe angefangen zu rennen. Auch der Verfolger sei gerannt und habe »Bleib stehen!« geschrien. Zum Glück habe sie das Feuer bei der Mühle erreicht. Außer Atem hätte sie um Hilfe gebeten – aber der Verfolger sei verschwunden gewesen. Ein paar Tage zuvor, so Daniella, habe sich Anja an Giovanni, den Wirt der Osteria im Borgo von Ascona, gewandt, mit der Bitte, sie zu warnen, falls jemand nach ihr fragen würde ... sie sei verängstigt, beunruhigt gewesen.

Studer beabsichtigte, Schritt für Schritt vorzugehen, ohne Theorien aufzustellen. Deshalb verließ er Arenfurth und sein Tänzerinnen-Dienstmädchen und ging in Begleitung von Spigl in die Osteria. Noch war nicht Mittagszeit, aber der Wachtmeister war früh aufgestanden und ließ sich Brot, Salami und einen halben Liter Roten bringen. Spigl gab sich mit zwei Rühreiern zufrieden.

Die Osteria lag im oberen Teil des Dorfes, in einem alten Gebäude mit dicken Mauern. Um diese Uhrzeit kamen nur wenige Gäste, und die Wirtin nutzte die Gelegenheit, um Kehrspäne auf dem Boden zu verteilen. Der Wirt, Giovanni Poncini, der den Beinamen »Van« trug, hielt ein Tuch in der Hand und tat so, als würde er einen Krug polieren. Als Spigl ihm ein Zeichen gab, eilte er sofort herbei. Er willigte auf ein Gläschen Roten ein und begrüßte in mäßigem Deutsch »den Herrn Kommissär aus Bern«.

Studer fragte ihn nach Anja Peters.

»Kam sie oft hierher?«

»Nicht oft. Sie schaute am Morgen vorbei, wenn wenig Leute da waren.«

»Kannten Sie sie gut?«

Van breitete die Arme aus. »Sie war eine von außerhalb …«

»Wann ist sie hergezogen?«

»Nach dem Krieg.«

»Sie wohnte in einem Zimmer hier im Dorf?«

Der Wirt glaubte schon. Möglicherweise habe sie ein Zimmer bei Signora Franchini gemietet, die Feriengäste beherbergte. Aber anfangs habe sie in einem der Häuser oben auf dem *Pai Mött**, am Monte Verità gelebt. Sie sei ein gutes Meitschi gewesen, ruhig, nicht so unverfroren wie die anderen *Balabiott*** … Van bat Spigl um Verzeihung für den Ausdruck, doch der bedeutete ihm fortzufahren.

»Woher stammte das Fräulein Peters?«

Der Wirt schien durch die Frage beunruhigt. Vielleicht käme sie aus Deutschland, vielleicht auch aus Bern, woher solle er das wissen?

»Ich glaube, sie stammte aus Holland«, sagte Spigl hastig in seinem merkwürdigen Schweizerdeutsch.

Aus Holland, wie der Baron, dachte Studer. Genauer gesagt, wie der Baron nach dem Krieg.

»Schien sie glücklich, hier zu leben?«

»Ich glaube schon … aber sie hatte Angst.«

»Vor einem Mann, oder?«

Anja habe einen großen, braun gebrannten Mann mit dunkelblauen Augen und muskulösen Armen beschrieben. Sie sei hin und wieder vorbeigekommen, um zu fragen, ob ein solcher Mann nach ihr gesucht habe …

»Ist er hergekommen, um nach ihr zu suchen?«, unterbrach ihn Spigl.

»Ein einziges Mal«, erwiderte der Wirt. »Kurz vor dem Mord.«

Studer stellte sich das Leben dieser jungen Frau in Ascona vor. Auf der einen Seite die Theosophen, Mystiker,

* Einst ortsübliche Bezeichnung für den Monte Monescia, der später in Monte Verità umgetauft wurde.

** Dialektausdruck (Zusammensetzung aus *biot,* dt.: »nackt«, und *ballare,* dt.: »tanzen«), mit dem die Bauern und Einwohner Asconas die Bewohner des Monte Verità bezeichneten.

Künstler und Philosophen, die auf der Suche nach einem »reformierten Leben« aus ganz Europa in Ascona zusammenströmten. Auf der anderen Seite das Dorf, die Osteria, die Bauern, das Gerede, die Blicke der Männer. Anja Peters gehörte zur Gemeinschaft des Monte Verità, aber sie lebte im Dorf. Hin und wieder schaute sie in der Osteria vorbei. Und offenbar war jemand auf der Suche nach ihr. Wie hatte sie all das ertragen? Hatte sie vielleicht Sehnsucht nach ihrem Land, nach dem Leben in der Stadt, ohne Tänzer, Vegetarier, Bauern … ohne Gefahren?

Studer schwitzte. Auf dem Tisch lag eine Ausgabe der *Gazzetta Ticinese.* Zerstreut blätterte er darin … auch die Berichterstatter in den Zeitungen sprachen von der Hitzewelle: *Die Glücklichen flüchten in die Berge, in die Dörfer des Maggia- oder Onsernone-Tals, und nur die armen kleinen Beamten müssen geduldig die sommerlichen Exzesse dieses großartigen Julis ertragen. Puh, was für eine Hitze!, lautet die übliche Begrüßung dieser Tage. Derweil fließen Blondes, Sprudel und all die anderen Durstlöscher nur so in Strömen …*

Ein hagerer, eleganter Herr mit Jackett, Hemd, Krawatte und Seidenweste betrat die Osteria. Der wird an Hitzeschlag sterben, dachte Studer. Dann erkannte und begrüßte er ihn.

»*Commissario* Tognola …«

»Wachtmeister Studer!«, erwiderte Tognola in klangvollem Deutsch. »Oder sind Sie schon Kommissär?«

Wachtmeister Studer war nach dem Krieg tatsächlich zum Kommissär ernannt worden. Aber ihm gefiel der Titel nicht, der einen Beigeschmack von Spionage und Politik hatte. Deshalb stellte er sich weiterhin als »Wachtmeister« vor. Tognola gegenüber erwähnte er von alldem nichts, sondern nickte bloß und bat um Verzeihung, dass er sich eines Falles annähme, der nicht der seine sei ... noch dazu in den Ferien! Tognola lächelte – und erwiderte gestikulierend, wie es im Süden Brauch ist, dass er sich im Gegenteil glücklich schätze, dass ein erfahrener Kriminologe ihm behilflich sein wolle.

»Eine üble Geschichte, Studer! Anja war ein hübsches Mädchen ... mit nordischen Gesichtszügen, die mich an eine Schauspielerin erinnern ... Übrigens zerreißen sich die Zeitungen schon das Maul über uns.«

Spigl fand Gelegenheit, Tognola die Hand zu reichen. Er entblößte seine langen Zähne zu einem Lächeln und stellte sich als Journalist vor, wobei er eilig präzisierte, dass er sich nicht etwa um Tagesberichterstattung kümmere.

»Ich komme aus dem Kulturbereich ... Herr Kommissär Studer hat mich gebeten, ihm zu helfen und mit den Leuten von hier zu reden ...«

»Ah, gut!« Tognola gab sich freundlich. Er lehnte es ab, auf ein Glas Roten zu bleiben, da er noch eine Verabredung bei Familie Broggini habe und nicht zu spät kommen wolle.

»Familie Broggini?«, fragte Studer.

Tognola lächelte. »Sicher kennt der Herr ... Spiegel ...?«

»Spigl.«

»Der Herr Spigl kennt das Ehepaar Broggini sicherlich. Es sind anständige Schreinerleute, sie haben auch eine Werkstatt in Losone.«

»Ah … aber diese Brogginis … wie waren gleich die Vornamen?«

»Alessandro, genannt Sandro, und Teresa. Die beiden kümmern sich übrigens um Ada, das Töchterchen der armen Anja Peters.«

Sehnsucht

Die Brogginis wohnten am Fuß des Hügels San Michele, unweit des Grotto del Cantonaccio. Tognola lud Studer ein, ihn zu begleiten. Auch Spigl schloss sich ihnen an, still und scheu wie ein Kind, dem man erlaubt hatte, mit den Erwachsenen spazieren zu gehen.

Sie folgten der Hauptstraße bis zur Schiffsanlegestelle und schlugen dann die Straße am See entlang ein. Nur wenige Worte wurden gewechselt: Spigl war vorsichtig wie eine Maus, Tognola beherrschte die deutsche Sprache nicht sicher, und Studer musste sich seiner Gedanken entledigen. Zu dieser Einsicht war er bereits gelangt, als er frisch von der Polizeischule gekommen war, den Kopf voller vorgefasster Meinungen: Denken nutzte nichts, man musste in eine Geschichte »eindringen«. Studer wollte sich hineinversetzen, wollte die Welt so sehen, wie Anja das getan hatte, mit ihren Ambitionen als Tänzerin, ihrem möblierten Zimmer, der Familie in weiter Ferne … und einem Töchterchen! Dieses Töchterchen war ein Element, das nicht ins Gesamtbild passte.

Studer wäre gern durch die Straßen von Ascona gestreift, um mit Wirtsleuten, Verkäufern, Feriengästen wie ihm selbst zu plaudern. Und er wäre auch gern hinaufgegangen zu den Holzhäusern, den alten Mühlen, in das Hotel auf dem Monte Verità und in die mitten im Wald gelegenen Hütten. Was erzählten sich die Maler,

Dichter, Trinker, was tuschelten sie bei ihren Zusammenkünften am Lagerfeuer?

Die Sonne brannte immer heftiger. Tognola schritt seelenruhig voran, als sei nichts, aber Studer schwitzte. Die Seeoberfläche war von tanzenden Lichtpunkten übersät, die in den Augen schmerzten. Der Wachtmeister schaute hinauf zu den Bergen und ließ den Blick in ihrem dunklen, undurchdringlichen Grün ruhen. Der Monte Verità mit der Villa Semiramis auf dem Gipfel schien ein Hügel wie alle anderen zu sein; doch angeblich zeichnete sich das Gelände durch einen besonderen Magnetismus aus, eine Kraft, die Menschen mit gewisser Empfänglichkeit anzog. Sie zog sie an und ließ sie, wie im Fall von Anja Peters, nicht mehr los.

Es war ein friedlicher Ort, ohne die für andere Teile der Schweiz so typischen steilen Berge: der Gratena, der *Baladrüm**, die kleinen Bauern- und Fischerdörfer, all das war sanft und lieblich, lud zu Beschaulichkeit und Meditation ein. Sie passierten die Kuppe von San Michele mit seiner rechteckigen, strengen Kirche. Es hieß, dass sich hier oben die Überreste einer Burg befänden, und unter der Burg Spuren noch älterer Gebäude, im Boden und in der Vergessenheit versunken.

Als sie das Haus der Brogginis erreichten, dachte Studer an die verdeckten, dunklen Dinge, an die Gefühle, die sich unter dem festen Boden des normalen Lebens verbargen, jenem Boden, auf dem die braven Schweizer Bürger ihre Häuser bauten. Studers Beruf hingegen nötigte ihn dazu, zu graben, im Schlamm zu wühlen.

* Sic. Heute meist *Balladrum* genannt.

Irgendjemand hatte einen solchen Hass verspürt, dass er einer Frau ein Messer zwischen die Rippen gerammt und sie am Wegrand hatte verbluten lassen.

Das Haus lag abseits, inmitten von Feldern. Ein Stück den Weg entlang folgten weitere Gehöfte und schließlich das Dorf Gierbi* an den Ausläufern des Monte Verità. Studer zog sein Taschentuch hervor und tupfte sich den Schweiß ab. Dann fiel ihm ein, dass es blutbefleckt war, und er verbarg es hastig wieder ... doch niemand hatte etwas bemerkt.

Die Brogginis hießen sie in der guten Stube willkommen, wo noch der Geruch von Staub in der Luft hing. Sie waren zuvorkommend, aber verschüchtert durch die Anwesenheit der Polizisten; weniger durch Studer, der ein Fremder war und aussah wie ein Feriengast, als vielmehr durch Tognola, der sie sogleich in nüchternem Ton zu befragen begann. Ob es der Wahrheit entspräche, dass Anja Peters ihnen die Obhut und Pflege ihrer von unbekanntem Vater stammenden Tochter anvertraut hatte? Ob das Mädchen immer noch bei der Familie Broggini lebe? Wann sie Anja Peters zum letzten Mal gesehen hätten?

Sandro Broggini war ein großer, kräftiger Mann, aber als er antwortete, errötete er und verhaspelte sich. Woraufhin Studer in seinem schlechten Italienisch erklärte, dass ihm heiß sei, und um ein Glas Wasser bat. Die Brogginis klammerten sich an diese Bitte wie an einen Rettungsanker. Der ältere Sohn wurde zum Brunnen geschickt, die Tochter im Backfischalter brachte Brot und

* Sic. Gerbi ist heute ein Ortsteil von Ascona.

Butter, Teresa Broggini fragte, ob auch ein wenig Grappa gewünscht sei … Dann brachte Studer seine Bewunderung für die perfekt gearbeiteten Möbel zum Ausdruck und erkundigte sich, ob Sandro sie gefertigt habe. Natürlich hatte er das, und Sandro berichtete, dass er für die Bewohner des Monte Verità gearbeitet habe: Keiner von denen sei Schreiner, obwohl der ein oder andere sich auf Architektur verstünde. Es sei übrigens auf ebendiesem Wege geschehen, dass er Anja kennengelernt habe …

Tognola war ein guter Polizist. Als er merkte, dass die Brogginis bei Studers Fragen Vertrauen fassten, überließ er dem Kollegen das Feld und beschränkte sich darauf, ihm hin und wieder ein italienisches Wort vorzusagen. Spigl seinerseits lobte Signora Broggini für das vorzügliche Brot, die Butter und vor allem den Grappa. Einige Minuten später war aus dem ersten Stock ein Wimmern zu hören. Die Backfischtochter kehrte mit einem Kind auf dem Arm zurück und reichte es Signora Broggini.

Teresa Broggini war eine zierliche Frau, die leise sprach und den Blicken auswich. Doch nun sah sie dem Wachtmeister und selbst dem Kommissär lächelnd ins Gesicht und erklärte ihnen, das Mädchen heiße Ada.

»Bella bambina![*]*«*, bemerkte Studer. *»Voi avete …«* Tognola half ihm, das in beiden Sprachen so ähnlich lautende Wort auf Italienisch zu finden: *»Voi avete adottato la piccola?«*[**]

Sandro verneinte. Sie würden sie großziehen und ihr eine christliche Erziehung zuteilwerden lassen, aber die

* Ein hübsches Mädchen!

** Haben Sie die Kleine adoptiert?

Mutter habe darauf bestanden, dass sie den Namen des Vaters behalte.

»Also ist der Vater gar nicht unbekannt?«, fragte Tognola.

»Wir kennen nichts weiter als seinen Nachnamen«, erwiderte Sandro. »Das Mädchen heißt Ada Cattaneo.«

Studer betrachtete die Kleine mit verstohlenem Blick. Ihre blauen, weit aufgerissenen Augen schienen damit beschäftigt, eine Welt zu beobachten, die für sie alle, für Studer, Tognola, Spigl und auch die Pflegeeltern, unsichtbar war. Mit einem Mal verspürte Studer Sehnsucht nach dieser Weite, diesem Staunen. Auch er hatte einst die Sanftmut und Hingabe desjenigen gekannt, der etwas vom Leben erwartet; bestimmt hatte auch der kleine Köbu in den vertrauten Straßen von Bern einen Brunnen, eine Geranie, einen Kutschwagen, ein Grasbüschel oder einen Kieselstein angestarrt und all das vielleicht so gesehen, wie es tatsächlich war.

Wer wusste es besser? Der kleine Köbu oder der schlaue Wachtmeister, beziehungsweise nunmehr Kommissär der Kantonspolizei in Bern?

»Anja war ein sehr schüchternes Mädchen«, fuhr Sandro Broggini fort. »Sie kam oft, um ihr Töchterchen zu sehen.«

»Wisst ihr, wo sie in Ascona gewohnt hat?«, fragte Tognola.

»Nein. Wir wissen nichts.«

»In einem möblierten Zimmer?«, schlug Studer vor.

»Sie sprach nie von sich«, bemerkte Teresa. »Sie hatte uns gesagt, dass sie Ada wegen ihrer Arbeit nicht bei sich behalten könne.«

Später, als Studer im Grotto del Cantonaccio vor einem Becher Roten saß, hatte er nicht so sehr die Worte Brogginis als vielmehr Adas runde Augen im Kopf. Tognola und Spigl waren nach Ascona zurückgekehrt. Aber der Wachtmeister hatte erklärt, dass er ein wenig müde sei und lieber im Schatten ausruhen wolle. Er nahm eine Brissago und zog den Strohhalm heraus. Langsam und bedächtig zündete er sie an. Er blies eine Rauchwolke aus und dachte an Ada Cattaneo, die keinerlei Erinnerung an ihre Mutter behalten würde.

»Nach dir habe ich gesucht.«

Ihm gegenüber nahm plötzlich ein großer, braun gebrannter Mann mit hellen Augen und muskulösen Armen Platz. Auf seinem rechten Arm war ein durchbohrtes Herz mit einer Flamme darüber tätowiert und auf dem linken eine Ansammlung schwarzer Punkte. Studer erkannte das Zeichen der Fremdenlegion; und er wusste, dass jeder Punkt einen Tag im Arrest bedeutete.

»Ich bin Fredo Cattaneo«, sagte der Mann. »Bist du der Polizist aus Bern?«

Studer erwiderte nichts.

»Ich war Anjas Ehemann.«

Etwas Wahres

Beim Verfassen dieses Buches – oder besser gesagt, bei der Komposition dieses Buches mittels der Zusammenstellung von Handschriften – habe ich mir vorgenommen, so sorgfältig wie möglich zu sein. Ich möchte dem Leser nichts verbergen und jeglichen Zweifel und jeglichen kritischen Augenblick mit ihm teilen.

Nachdem ich die letzten, wie stets von Gabriella übersetzten Kapitel gelesen habe, ist mir klar geworden, dass mich irgendjemand hinters Licht führt; ich spreche von »irgendjemand«, weil ich nicht genauer sagen kann, um wen es sich handelt – Cattaneo? Glauser? Spigl? –, und allein schon diese Verunsicherung zeigt, dass ein Problem besteht. Ich habe Cattaneo angerufen und ihn gefragt, ob er das Material, das er mir geschickt hatte, gelesen habe; er hat sofort erwidert, dass sein Deutsch …

»Die Namen«, bin ich ihm ins Wort gefallen. »Die Namen können Sie doch nicht übersehen haben.«

Es kam zu einer Pause.

»Ja«, antwortete er schließlich mit keuchender Stimme, als sei er gerade gerannt. »Ich habe sie nicht übersehen. Ja, es ist besser, wir treffen uns.«

Inzwischen ist mir bewusst, dass Aurelio Cattaneo in seiner vielseitigen Gestalt als Legionär, anarchistischer Dichter und Gastwirt sich bei allem, was er tut, einen dramatischen Anstrich geben muss. So hat er tatsächlich darauf bestanden, dass wir uns zwischen Ronco sopra Ascona und Arcegno treffen, ganz in der Nähe der Molina, in der sowohl Glauser als auch Spigl seinerzeit gelebt haben.

Während ich zwischen Bellinzona und Locarno durch die Magadino-Ebene fuhr, dachte ich über die Fragen nach, die ich Cattaneo stellen wollte. Was mich vor allem stutzig machte, waren die Handlungslücken. Ich hatte den Eindruck, dass entscheidende Teile der Geschichte fehlten oder zumindest allzu knapp dargestellt waren. So zum Beispiel die Szene, in der jemand auf Spigl schießt (»auf mich und Spigl«, hält Studer in seinem Notizbuch fest). Wie konnte es sein, dass von dem Angriff die Rede war, als müssten die Leser bereits davon Kenntnis haben? Und die erste Begegnung zwischen Daniella und Studer? Als sie sich treffen, erinnert er sich daran, sie in der Nacht zuvor an einem Lagerfeuer gesehen und sie darüber hinaus in »österreichischer Manier« begrüßt zu haben, was auch immer das heißen mochte. Aber wo waren diese Szenen?

Ich parkte mein Auto am Straßenrand. Cattaneo erwartete mich bereits, an die Wagentür seines vermutlich noch aus den neunziger Jahren stammenden Toyota Land Cruiser gelehnt. In der Hand hielt er ein schwarzes Lederköfferchen. Zu beiden Seiten der Fahrbahn lag Wald. Er kam auf meinen Fiat Doblò zu.

»Schöner Wagen«, bemerkte er. »Kastenförmig.«

Ich wollte gerade ansetzen, ihm meine Zweifel zu unterbreiten, doch er zog rasch ein gelbes Kuvert aus dem Köfferchen und überreichte es mir.

»Ich bin ein bisschen durcheinandergeraten. Diese Kapitel gehören vor die anderen.«

»Aber …«

»Dadurch ändert sich eigentlich nichts«, fiel er mir ins Wort. »Sie werden schon für Ordnung sorgen. Wichtig ist vielmehr zu begreifen, was wirklich geschehen ist. Zumal ich nicht sicher bin, ob ich das vollständige Manuskript habe.«

»Wie, Sie sind nicht sicher?«

»Das Ende könnte fehlen.«

»Könnte?«

»Wir müssen unbedingt aufdecken, was hier vor hundert Jahren geschehen ist. Wir müssen den Mann finden, der meine Großmutter Anja Cattaneo ermordet hat.«

Da war es, das Melodrama.

Cattaneo zeigte mir den Mulino del Brumo, ein Gebäude von rechteckigem Grundriss mit Pyramidendach, das fast völlig zwischen Bäumen versteckt lag. Er lehnte sich ans Geländer und spähte in den Wald, als würde sich der Mörder noch in der Nähe befinden. Er erzählte, dass kein Tag, keine Stunde verginge, ohne dass er an diesen Ort, an diese Bäume dächte, die Zeugen des einsamen Todeskampfes seiner in Angst und Schrecken versetzten Großmutter gewesen seien.

Dann schlug er einen anderen Tonfall an und erklärte mir, dass wir über einen alten Saumpfad zu Fuß hinauf bis zum Monte Verità gelangen könnten. Es gäbe jedoch auch einen Weg aus Römerzeiten, der nach Ascona und zum See führen würde.

»Aber ich bin zu alt. Kommen Sie, Fazioli, kehren wir in die Gegenwart zurück.«

Er beharrte darauf, seinen Wagen zu nehmen. Das Schaltgetriebe schien aus Granit zu bestehen. Cattaneo fuhr langsam, während er eine Zigarette dazu rauchte und mit dem Nachdruck eines Legionärs die Gänge einlegte. Irgendwie schafften wir es bis nach Ascona.

An diesem Tag startete auf dem Monte Verità ein Literaturfestival, weshalb der Parkplatz überfüllt war. Es gelang Cattaneo, einen Platz zu finden, dann schleppte er mich zu einem Wiesenpavillon, wo gerade der Eröffnungsapéro stattfand. Der Alte schaute sich vorsichtig um, als könne ihn jeden Augenblick jemand angreifen.

»Darf ich fragen, was wir hier eigentlich machen?«

Er funkelte mich an. »Alles zu seiner Zeit!«

Unter dem Pavillon war es heiß. Das Gemurmel wurde immer lauter und schwoll an wie eine Welle. Viele der Männer trugen Jackett und Krawatte, andere waren leger gekleidet; es gab lange, zarte, pastellfarbene Damenkleider. Ich lief ein paar Schritte in die Menge: Rings um mich schüttelten sich alle die Hände, tauschten ein Lächeln aus. Auch ich begrüßte einen Romanautor, sprach mit zwei Dichtern und einer Journalistin. Schließlich beschaffte ich mir ein Glas Wein. Ein paar Minuten lang verlor ich Cattaneo aus den Augen, dann tauchte er neben mir wieder auf, ebenfalls mit einem Glas in der Hand.

»Sehen Sie diesen Mann?«

Er deutete auf einen Lokalpolitiker inmitten einer Gruppe von Leuten.

»Ja, das ist …«

»Der Name spielt keine Rolle! Er ist einer, der Worte verkauft, genau wie Sie.«

»Wie ich?«

»Und wie alle! Bloß Worte, oder etwa nicht?«

»Wollen wir uns nicht in den Schatten setzen ...?«

»Geld! Geld! Das ist es, was ihr Künstler wollt ...« Er gestikulierte, während seine Gesichtsfarbe immer dunkler, seine Stimme immer schriller wurde. »Eine Vorschussforderung hier, eine ordentliche Prämie dort ... und Reden, nichts als Reden, ans Mikrophon geklammert, bis man's dir aus der Hand reißt ...«

»Beruhigen Sie sich, Signor Cattaneo.«

»Geld! Der Schmerz zählt nicht, die Unschuld zählt nicht. Hier bin ich, meine Damen und Herren!« Er stand längst im Mittelpunkt der Aufmerksamkeit, derweil ich versuchte, ihn wegzuführen. »Ich habe in der Legion geblutet, habe im Schweiße meines Angesichts mein Brot verdient ... all das auf der Suche nach etwas Wahrem, so es denn etwas Wahres gibt ... aber eure Trinksprüche, euer Gerede, euer verdammtes Geld ...«

Mithilfe einiger anderer Leute gelang es mir, ihn hinauszuziehen. Wir gaben ihm ein Glas Wasser zu trinken.

»Wer ist denn das?«, fragte mich ein Journalist. »Kennst du ihn?«

»Ja. Aber ich weiß nicht wirklich, wer er ist.«

Cattaneo trank das Wasser und zündete sich eine Zigarette an. Unter dem Pavillon war der Zwischenfall bereits vergessen, und die Eröffnungszeremonie nahm ihren Lauf, als sei nichts geschehen. Ich fragte mich, was den alten Legionär so hatte aufbrausen lassen. Vielleicht dieses aufdringliche mondäne Gebaren? Dieses Hin und Her schmuckbehangener Arme und politisch korrekter Meinungen, diese gebührende Ehrerbietung für den

Erfolgsautor, den Starjournalisten … Cattaneo selbst verstand sich eigentlich als anarchistischer Dichter; vielleicht wollte er ein bisschen Dadaismus in die institutionelle Kultur einbringen.

»Es ist nur, weil ich durcheinander bin …«

Ich sah ihn an. Die Hand mit der Zigarette zitterte leicht, aber das Gesicht gewann allmählich seine normale Farbe zurück.

»Ich stehe noch unter Schock.« Sein Blick folgte den Rauchkringeln. »Ich habe nicht damit gerechnet, das zu finden, was ich gefunden habe.«

»In dem Text von Glauser?«

»Ja … als ich den Namen meiner Großmutter Anja gelesen habe, hat mich fast der Schlag getroffen. Und ein paar Seiten später entdecke ich dann, dass Glauser in seinem angeblichen Roman von Ada … meiner Mutter spricht!«

»Auch ich war überrascht …«

»Die letzten Jahre vor ihrem Tod hat sie in einem Pflegeheim verbracht. Sie war ganz krumm und gebrechlich. Die meiste Zeit blieb sie stumm oder sprach von ihren Erinnerungen an meine Kindheitsjahre. Und mit einem Schlag habe ich sie in Ascona vor mir gesehen, 1921 … als sie gerade auf die Welt gekommen war!« Er drückte die Zigarette in dem leeren Glas aus und erhob sich, wobei er weiterredete. »Glauser beschreibt sie auf dem Arm von Teresa Broggini, die für mich eine Art Adoptivgroßmutter war.« Er legte eine Pause ein. »Diese blauen Augen. Studer, der diese blauen Augen betrachtet. Ich muss immerfort daran denken.«

»In der Tat habe auch ich …«

»Wir müssen dahinterkommen, Fazioli!«

Er ließ mich einfach keinen Satz beenden.

»Glauser ist nicht bis zum Grund vorgedrungen, aber in irgendeinem Teil, irgendeiner Notiz muss sich die Wahrheit verbergen. Das ist immer so.«

Dann schlug er mir in verändertem Tonfall vor, dem ersten Beitrag des Literaturfestivals beizuwohnen. Ich fragte ihn, ob das so eine gute Idee sei, nach der Szene im Pavillon. Er beruhigte mich: Er wolle mir seine Theorie unterbreiten. Als ich ihn fragte: »Welche Theorie?«, lief er bereits auf den Vortragssaal zu.

Dort sprach ein bärtiger Autor auf Englisch mit ausländischem Akzent. Er schlug ein Buch auf und begann daraus einige Passagen in einer Sprache vorzulesen, die ich für skandinavisch hielt. Eine Frau las dieselben Abschnitte auf Italienisch. Ich versuchte mich zu konzentrieren, als Cattaneo mir plötzlich ins Ohr flüsterte.

»Politik und Geld zählen nicht, sehen Sie, jetzt spricht dieser Mann über das, was er schreibt, es ist ausgeschlossen, dass ... wenigstens ein einziges Mal während des gesamten Vortrags, aber um alles zu retten, genügt ... da, hören Sie!«

Die Übersetzerin las mit leiser, wohltönender Stimme. »Der Junge ist nicht auf dem Weg nach Hause, wie sollte man einen Ort erreichen wollen, den es nicht gibt, nicht einmal in unseren Köpfen?«

»Etwas Wahres«, sagte Cattaneo. »Es genügt bloß ein einziges Wort ...«

»Manch einer muss lange leben, ehe er einen Ort besitzt, der dieses große Wort, *Zuhause*, aus dem Verlies der Sprache erlöst, und immer mehr Menschen sterben, ohne ihn gefunden zu haben.«

Vier Einsamkeiten

Anlässlich des Literaturfestivals schloss das Teehaus Loreley eine halbe Stunde später als sonst. So konnten Cattaneo und ich in einem der Pavillons inmitten der Ruhe des Japanischen Gartens Platz nehmen und zwei Minztees bestellen.

»Das erinnert mich an die Wüste«, seufzte Cattaneo.

Abseits des Tagungszentrums hatte sich der anarchistische Dichter entspannt. Er schweifte aus, erklärte mir, dass die Teepflanze *Camellia sinensis* auf dem Monte Verità, dank des speziellen Mikroklimas, sehr gut gedieh. Dann legte er die Unterschiede zwischen der Teezubereitung im fernen Osten und der Art, wie man ihn in Marokko trank, dar, rief sich seine Reisen in Erinnerung, die Anstrengungen der ersten Jahre in der Legion.

»Apropos Fremdenlegion«, sagte ich. »In dem letzten Manuskript, das Sie mir zugeschickt haben, begegnet Studer auch Ihrem Großvater.«

Mit einem Schlag wurde er ernst.

»Ja ...«

»In dem gelben Kuvert, das Sie mir bei der Mühle gegeben haben, findet sich keine Fortsetzung dieser Szene, oder?«

»Nein, es enthält eine weitere Version der ersten Kapitel.«

Schon wieder der Anfang. In diesem Augenblick

fühlte ich mich müde, gleich einem Hamster, der merkt, dass sich das Laufrad erneut in Bewegung setzt.

»Und die Begegnung zwischen Studer und Ihrem Großvater?«, fragte ich. »Geht die Szene noch weiter?«

»Ich glaube schon … Ich habe nicht alles genau verstanden, weil es auf Deutsch ist. Es gibt noch mehr Kapitel. Auch Briefe und Notizen. Es ist ziemlich kompliziert.«

Ich nickte. »Wenn Sie mich selbst einen Blick darauf werfen lassen würden, könnte ich vielleicht …«

»Bestehen Sie nicht darauf.«

Ich hatte das Gefühl, weit weg zu sein von der handfesten, konkreten Welt, wie ich sie alle Tage erlebte. Die Schiebewände aus Reispapier, die Tatamis, die Gesten der Teezeremonie, der geplagte Mann mir gegenüber, die Manuskriptblätter in den gelben Kuverts … all das führte mich in einen Zwischenzustand, in dem alles ungeheuer greifbar und wahrhaftig schien, viel stärker noch, als man das etwa beim Lesen eines Romans oder während eines Films empfindet.

»Ich werde die Texte Stück für Stück der Übersetzerin schicken, nachdem ich sie in Augenschein genommen habe. Aber sagen Sie, haben Sie bereits eine Vorstellung von dem, was passiert?«

»Sie meinen …«

»Wer hat Anja umgebracht?«

Ich musste unwillkürlich lächeln bei dem Gedanken, dass Glauser eigentlich erklärt hatte, es spiele keine Rolle, wer der Mörder sei. Aber er hatte auch eine verwirrende Passage geschrieben. Ich hatte sie in meinem Notizbuch festgehalten, und so gab ich sie Cattaneo zum Lesen, bevor ich antwortete.

»Wachtmeister Studer, dem ich eines Tages das Tagebuch Moritz Spiegels zeigte, ward, nachdem er die ersten Seiten gelesen hatte, auf eine halbe Stunde mit Stummheit geschlagen. Er bat mich alsdann, ihm das Manuskript eine Nacht lang zu überlassen. Schweigend gab er mir die Blätter am nächsten Tag zurück. Leute, die lieber schweigen wollen, soll man nicht zum Reden bringen – um diese Tätigkeit auszuüben, haben wir Bezirksanwälte und Untersuchungsrichter. Diesen Herrschaften soll man nicht ins Handwerk pfuschen. Ich achtete Studers Schweigen.«

»Ich glaube, Studer wollte nicht preisgeben, wer der Mörder war«, kommentierte Cattaneo. »Das macht aber nichts, wir werden ihn trotzdem finden.«

Aber Studer hatte es in Wirklichkeit doch gar nicht gegeben, oder? Und das Tagebuch Spiegels (oder Spigls) war eine Erfindung ... oder etwa nicht? Für Cattaneo war all das ganz offenbar real.

»Wissen Sie, was merkwürdig ist, Fazioli? In diese Geschichte sind vier Männer verwickelt, die alle in der Fremdenlegion waren. Zuerst mein Großvater Fredo Cattaneo. Dann Glauser, der zwischen 1921 und 1923 der Legion angehörte. Und viele Jahre später war auch ich dabei.«

»Und der Vierte?«

»Studer. In dem Roman *Die Fieberkurve* schließt er sich der Legion an, um einen Fall zu lösen. Nur für kurze Zeit, aber auch er war dabei.«

Studer, dachte ich. Studer, den es nie gegeben hat.

»Wissen Sie, was ihnen allen gemeinsam ist?«

Ich schüttelte den Kopf.

»Die Einsamkeit. Irgendwann begreifst du, dass hier, zwischen den normalen Menschen, kein Platz mehr für dich ist. Vielleicht hat der ein oder andere gestohlen, leidet an gebrochenem Herzen, ist verzweifelt oder hat, wie Glauser, den Eindruck, jeden Tag gegen eine graue Mauer anzurennen.«*

»Wenn wir dem Text glauben, war Ihr Großvater 1921 bereits zurückgekehrt, von daher …«

»Vier Einsamkeiten«, unterbrach er mich. »Denn auch Studer hat sich einsam gefühlt. Zu unterschiedlichen Zeiten und auf unterschiedliche Weise standen wir alle irgendwie außen vor.«

»Ich meine …«

»Ich weiß schon, Sie sprechen von dem Adjutanten Cattaneo.«

Er hatte es erfasst. In fast allen Berichten und Erzählungen über die Legion erwähnt Glauser einen gewissen »Adjutanten Cattaneo«. Ich war ein wenig in Verlegenheit, da der Soldat als »Schweinehund«, wenn auch »von großer Tapferkeit«, beschrieben wird. Ein »breitschultriger, dicker Mann«, der fluchte und brüllte, der jedoch, wenn er viel getrunken hatte, »ganz menschlich« werden konnte.**

»Das war nicht mein Großvater«, erklärte Cattaneo.

* Vgl. F. Glauser, »Im afrikanischen Felsental«, in: *Dada, Ascona und andere Erinnerungen* (o. z.), S. 109.

** Die Informationen zu dem »anderen Cattaneo« stammen aus verschiedenen Werken Glausers: *Dada, Ascona und andere Erinnerungen* (o. z.); *Gourrama* (Zürich, Limmat, 1997); »Der kleine Schneider«, in: *Mattos Puppentheater. Das erzählerische Werk*, Bd. 1 (Zürich, Limmat, 1992).

»Glauser schreibt einmal, dass er aus dem Piemont, ein andermal, dass er aus der Po-Ebene stamme. In jedem Fall war er Fuhrmann und Analphabet, wohingegen Fredo lesen und schreiben konnte. In der Tat …«

Er unterbrach sich, als fürchtete er, zu viel gesagt zu haben.

»In der Tat hat er Briefe geschrieben, nicht wahr?«, fragte ich ihn. »An wen? An Spigl, oder gar an Glauser?«

»Ich weiß es nicht«, murmelte er. »Ja, ein paar Briefe, aber das ist nicht von Bedeutung. Wissen Sie, was ich glaube? Dass Glauser meinen Großvater Fredo gekannt hat und dass er ihn, damit er unerkannt bleibt, anders beschrieben hat, als er tatsächlich war.«

»Möglich ist es. Aber warum hätte er das tun sollen? Und warum nicht auch den Namen ändern?«

»Cattaneo ist ein weitverbreiteter Familienname.«

In diesem Augenblick kam mir ein Gedanke. Ich zögerte, ob ich dem alten Ex-Legionär davon erzählen sollte, aber schließlich hatte er selbst mich ja gebeten, über die Geschichte nachzudenken. So setzte ich ihm also meine Überlegungen auseinander.

Es gehe darum, erklärte ich, den *Ascona-Roman* als das zu betrachten, was er sei, nämlich als Roman, und dabei die Verbindungen zur Familie Cattaneo auszublenden. Ich bitte die Leserschaft um Entschuldigung, wenn ich Gefahr laufe, den Spannungsbogen zu zerstören, aber in diesem Moment, während ich schreibe, weiß ich nicht, wie die Geschichte enden wird, somit sind all das nur Vermutungen. Da Glauser die Machart englischer Krimis nicht mochte, hätte er in dem unvollendeten Roman den Mörder sicher nicht durch überraschende Wendungen oder mühsame Beweisführungen ans Licht gebracht. Nun taucht in der Geschichte, die ich gerade zusammenfüge, eine Figur auf, die sowohl Anja als auch Daniella bedroht hat. Ein Mann, vor dem Anja sich fürchtete und den sie dem Wirt der Osteria beschrieben hatte. Und diese mysteriöse Gestalt weist laut der Beschreibung Ähnlichkeit mit Fredo Cattaneo auf.

»Was?« Cattaneo sprang so ungestüm auf, dass die Teetasse umkippte. »Das ist unmöglich!«

»Wer sollte das sonst sein? Baron von Arenfurth? Spigl? Welchen Sinn hätte das? Sie werden verstehen, dass in einem Roman der Mörder immer eine der Figuren sein muss, zumindest …«

»Alles Unfug!« Er hatte wieder Platz genommen, eine Zigarette herausgezogen und dann zurück in das Päckchen geschoben. »Mein Großvater Fredo war verzweifelt! Nach Anjas Tod ist er fast verrückt geworden, regelrecht durchgedreht. Deshalb hat er die Flucht ergriffen, er ist nie wieder nach Europa zurückgekehrt.«

»Hat er seiner Tochter Ada nie geschrieben?«

Cattaneo blickte finster. »Er wollte lieber, dass die Pflegefamilie sie aufzieht. Aber aus der Ferne hat er Informationen über sie eingeholt.«

»Spricht Glauser darüber?«

»Ich habe noch nicht alles gesichtet. Ich werde die Texte an Signora de'Grandi schicken, die sie an Sie weiterleiten wird. Sie soll auch den Anfang übersetzen, den ich Ihnen heute übergeben habe. Und eins dürfen Sie nicht vergessen.«

Cattaneo schluckte. Seine Augen glänzten feucht.

»Fredo hat seine Frau geliebt, mit Leib und Seele hat er sie geliebt. Und er hätte ihr niemals etwas zuleide getan.«

*Abend**

Man genoss den Abend, weil er nach der harten Hitze des Julitages weich wirkte. Man saß an den runden Tischlein, die vor dem Café standen, nahm bisweilen den Strohhalm zwischen die Lippen, der aus dem mit farbiger Flüssigkeit gefüllten Glase ragte, sog daran und horchte auf das Klappern der Eisstücke, die gegen die durchsichtigen Wände stießen. Eine Turmuhr schlug elf tiefe Schläge, drei hellere folgten den dunklen, man stellte fest, dass es nun eine Viertelstunde bis Mitternacht sein müsse. Man saß auf dem ziemlich harten Stühlchen, das leider keine Armlehne besaß, stützte das Kinn auf den Knopf eines Stockes, der zwischen den gespreizten Schenkeln stand, runzelte die Stirn und sagte: »Hedy, du wirst dir noch die Augen verderben!« Die Frau jedoch schüttelte den Kopf und murmelte irgendetwas, und man wurde wütend, weil es ganz unnütz schien, einen so schönen Abend mit einem Schundroman zu verderben, der von einer Liebe erzählte, wie sie nur im Hühnerschädel einer sogenannten Romanschriftstellerin entstehen konnte. Nichts war Wirklichkeit in diesen Seiten, nichts, gar nichts!

Die Tische standen unter der Decke einer Terrasse, die im ersten Stock aus der Hausmauer ragte. Eine Lampe hing dort oben, die wenig Licht gab; der Mond, der ge-

* Mit diesem Fragment skizziert Glauser erneut einen möglichen Anfang.

rade über das Dach eines der gegenüberliegenden Häuser kroch, war erst am Wachsen und sah aus wie die Hälfte eines Silberstücks. Mücken sirrten, setzten sich manchmal auf den Handrücken – es war langweilig, dass man sie immer erst dann bemerkte, wenn sie ihren Stachel schon in die Haut gestochen hatten.

»Habe ich die Ehre, mit Herrn Jakob Studer zu sprechen?«

»Ja. Aber ...«

Wie lächerlich war diese Situation! Mit was wohl hatte man sich so angestrengt beschäftigt, dass man das Erscheinen des Mannes nicht bemerkt hatte, der nun vor dem Tischchen stand; seine Hände umspannten den Rand der Tischplatte, und sehr aufgeregt musste er sein, denn die Knöchel glänzten weiß, was bewies, dass der Druck stark war.

»Aber – was wünschen Sie?«

Ein weißes Hemd, cremefarbige Leinenhosen, offene Sandalen an den nackten Füßen ... Eine lange, hagere Gestalt mit einem Schädel, der die Form eines Eis hatte, das Kinn war kaum vorhanden, von der Unterlippe lief eine schiefe Linie bis zum Hals.

»Würden Sie so freundlich sein mitzukommen?«

»Mitkommen? Wohin? Jetzt, um Mitternacht? Ich will schlafen gehen, ich bin müde, habe heute gebadet. Überhaupt, ich bin nicht im Dienst, wenn Sie das meinen, ich bin in den Ferien, Herr ... Herr ...?«

»Spiegel, Moritz Spiegel, Herr Kommissär. Es ist nötig, es ist bitter nötig, dass Sie uns helfen. Ich habe eine Empfehlung. Hier ... Wenn Sie so freundlich sein wollen, einen Blick darauf zu werfen.«

»Hm … Aber nur einen Blick!« Der andere lächelte, schwieg. Die Zähne breit, nicht nur breit, auch lang – wie Rosszähne. Die Visitenkarte flatterte durch die Luft, blieb in einer kleinen Lache liegen, die aus herabgeronnenen Tropfen sich gebildet hatte, man presste die Schenkel zusammen, um den Stock am Umfallen zu hindern, wenn man ihn nun losließ; man hob die Karte nahe an die Augen – wirklich, die Lampe oben gab ein miserables Licht, wie konnte das Hedy den kleinen Druck ihres Büchleins entziffern? … Die Frauen! Ja, die Frauen! Wenn die sich etwas in den »Gring« gesetzt haben, dann … Auf der Visitenkarte aber stand in Druckbuchstaben:

»Dr. Lorenz Arenfurth«
Und in Handschrift: »bittet Herrn Kommissär J. Studer, seinen Freund Moritz Spigl zu beraten, da dieser in einer höchst gefährlichen Lage sich befindet, in welcher er auf uneigennützige Hilfe angewiesen ist. Auch andere Menschen, die sich das Interesse meines alten Bekannten erobert haben, sind in einer unangenehmen Situation und benötigen Rat. Wir erwarten den Kommissär in kürzester Zeit.

Andrino, den 7. Juli 1921«

Und während man weiter auf die winzige Schrift starrte, die man seit drei Jahren nicht mehr gesehen hatte, klopften an den anderen Tischlein Münzen ungeduldig auf den Marmor. Ausländer versuchten zu beweisen, dass ihnen die italienische Sprache geläufig sei, und riefen: *»Eh! Cameriere! Pagare!«* Doch kein Kellner erschien, sondern eine Jungfer, die freundlich fragte: »Was? Zahlen wollen die Herrschaften?« Ihr Deutsch tönte wienerisch oder bayrisch – das war nicht genau festzustellen –, sodass man vergessen konnte, dass diese Stadt dennoch zur Schweiz gehörte, obwohl sie in dem einzigen Kanton lag, in welchem die Landessprache Italienisch war. Sie zahlten, die letzten Gäste des Cafés, die Saaltochter kam zuletzt an Studers Tisch, und der Kommissär der Berner Stadtpolizei ärgerte sich, weil die neue Mischung, die er heut Abend probiert hatte – Sherry, Brandy, Kirsch, Siphon und Eis – zwei Franken das Glas kostete, während der Kaffee seiner Frau nur sechzig Rappen wert war. Studer zog einen Fünfliber aus der Uhrentasche seiner Tennishose, warf die Münze auf den Tisch, stand auf und schickte seine Frau heim.

»Allein?«, klagte 's Hedy.

»Kannst ja lesen, bis ich zurück bin!«, brummte Studer, denn er wollte den jungen Mann, der schweigend wartete, seine Geschichte erst erzählen lassen, wenn kein Zeuge mehr zugegen war. Sonst mischte sich die Frau noch in die Angelegenheit – und dies war etwas, was man besser vermied.

Nun ging man über den dunklen Marktplatz, die Häuserwand warf einen breiten Schatten auf die quadratischen Pflastersteine, man kam an einem Sträßlein vorbei, das den Häuserblock spaltete, und ein linder Wind kam vom See, der wohl deshalb so müde war, weil er lange mit dem Wasser gespielt hatte – die Wellen waren die Bälle, prallten gegen die Kaimauer, rollten zurück ... Es schwiegen die beiden Gefährten – der breitschultrige feste Mann, der wegen der harten Julihitze einen schwarzen Alpakarock trug, und der magere Schmale, dessen Sandalen hart sein mussten wie Holz, denn sie klapperten auf den Steinen. Noch immer herrschte Schweigen, denn der Ältere dachte nach, um Erinnerungen aufzufrischen.

Eine große Neuigkeit: Früher hatte man nicht gewusst, dass Baron Lorenz zur Arenfurth das Recht besaß, einen Doktortitel zu tragen. Zwar wusste man, dass in jenen vier vergangenen Jahren, die wie eine riesige Säge den Block der Zeit zerschnitten hatten, sonderbare Menschen in dem kleinen Land, das man die Heimat nannte, aufgetaucht – wieder verschwunden waren; nachher alsdann, da der Schnitt gelungen war, zeigte es sich, dass der Block viele winzige Gänge enthielt: Würmer krochen daraus hervor, mästeten sich, wurden dick, begannen zu tanzen nach einer Musik, die an einen Totentanz gemahnte, und spürten nicht die dumpfe Trostlosigkeit dieser Rhythmen, sondern freuten sich. Wieso entstanden derart dumme Phantasien in dieser Nacht, da man an der Seite eines jungen Mannes einherschritt, dessen Gesicht kein Kinn besaß, dessen Lippen jedoch ständig die Zähne entblößten, die lang und breit waren wie Rosszähne?

Studer zog das Lederetui aus der Tasche, bot dem Schweigsamen eine Brissago an, die mit einem leisen »Danke« abgelehnt wurde. So blieb denn der Kommissär einen Augenblick stehen, rieb sich ein Streichholz an, die Flamme tanzte in der Höhlung seiner Hände …

Vier Geräusche platzten hintereinander in die Stille: ein Knall, ein Anprall gegen die Mauer im Rücken, ein Surren, das dem Brummen einer bösen Hornuss ähnelte, ein leiser Schrei.

Studer hatte gerade noch Zeit, seinen Begleiter am Arm zu packen, denn der Mann wollte fortlaufen. Sie standen in einem dunklen Gässlein, das fünfzig Meter weiter vorne von einem anderen zerschnitten wurde. Dort hing an einem Draht, zwischen zwei Fronten, eine matt glimmende Birne. Noch einmal platzte ein Knall, gefolgt von einem schwächlichen zweiten, Glasscherben klirrten auf den Boden, die Lampe war erloschen. Dann, in der Finsternis, war deutlich das Trappen laufender Füße zu hören.

»Was ... ist ... denn ... das?«, fragte Studer erstaunt, ließ den Arm los, den er noch immer hielt, denn eine klebrige Flüssigkeit rieselte ihm über die Finger. »Sind Sie verwundet, Herr Spigl?« Und während er die Frage stellte, fiel ihm ein, dass er sich dahinten, am Tischlein des Cafés, besonders über eins gewundert hatte: Der Name Spigl hatte zwei Buchstaben zu wenig – das Fehlen der beiden »e« unterschied ihn streng von dem Ding, das jeder Mann notwendig braucht, wenn er sich rasieren will.

»Nein ... das heißt, es ist ein Streifschuss ... Haben Sie gehört, Herr Kommissär? Er hat uns beide verfehlt, die Kugel ist gegen die Mauer hinter uns geprallt, abgesprungen und hat mir gerade die Haut am Oberarm aufgeritzt. Ich möchte gerne wissen, wer es auf uns abgesehen hat.«

»Soso, das möchten Sie gerne wissen ... Ich auch. Haben Sie denn Feinde? Sie werden zugeben, dass ich Sie nicht mit Fragen gequält habe, ich habe gemerkt, dass Sie aufgeregt sind, habe gedacht, wenn wir dann unterwegs sind, werden Sie von selbst anfangen zu sprechen. Aber

Sie haben vielleicht ein paar Minuten zu lange gewartet. Hätten Sie mir Ihre Angelegenheit ein wenig früher auseinandergesetzt – ich meine jetzt die Hauptpunkte –, dann wäre ich wohl auf die naheliegende Idee gekommen, dass vielleicht irgendjemand versuchen wird, uns eins auszuwischen, und ich hätte aufgepasst. Nun?«

Studer rieb ein zweites Zündholz an, hielt es senkrecht zwischen Daumen und Zeigefinger, sodass es wie eine kleine Kerze leuchtete, und betrachtete den Hemdärmel, auf dem ein roter Fleck langsam größer und größer wurde.

»Ich habe eine Taschenlampe«, sagte der junge Mann, den Studer bei sich die »traurige Giraffe« nannte.

»Eine glänzende Idee von Ihnen, Herr Spigl. In welcher Tasche? Es wäre besser, Sie würden Ihren rechten Arm senkrecht in die Luft halten, sonst bekommen Sie Flecken auf Ihre Hose.«

Die beiden standen in der Dunkelheit. Vor dem Erlöschen hatte das Streichholz Studers Fingerspitzen gebissen, doch er fluchte nicht einmal. Vielleicht war die Nacht daran schuld, das silberne Schweigen des Himmels oder die klebrige Kühle der Mauer, an der er lehnte. Tagsüber gelang es der Sonne wohl nur für kurze Zeit, in diesen steinernen Abgrund zu leuchten. Da der andere schwieg, wurde eine Wiederholung der Frage nötig: »Wo haben Sie die Taschenlampe?«

»In der linken Hosentasche, aber ich kann sie ja selbst mit der Hand ...«

»Nein, nein. Und haben Sie keine Angst, ich stehle Ihnen nichts. Ich bin kein Taschendieb ... Hier, ich hab sie schon ... die Wunde ist nicht arg, wenn Ihr Nastuch nicht sauber ist, werde ich meines spenden, und Ihre Frau wird Sie dann daheim verbinden, nicht wahr?«

»Woher wissen Sie, Herr Kommissär, dass ich verheiratet bin?«

»Sie meinen, woher ich das weiß, obwohl ich Sie nicht kenne? Kinderleicht. Sie haben zwar keinen bürgerlich-korrekten, goldenen, glatten Ehering, sondern einen silbernen von seltsamer Form – breit ist er, wie ein Siegelring, er lag ganz nahe vor meiner Nase, als Sie die Hände auf meinen Tisch stützten – ein St.-Georg-Ring? –, nun, ich habe mir gedacht, es müsse so etwas sein. Wir sind an viele Dinge gewöhnt seit dem Ende des Krieges, und ich habe schon einmal in Bern ein Paar getroffen – zwei Ausländer waren es –, die trugen ähnliche Ringe, und sie waren verheiratet. Ja. Darum …« – Studer ließ den Lichtkegel der Taschenlampe auf das Gesicht des andern fallen; die Lippen waren verzogen – und doch war es schwer festzustellen, ob ein Lächeln sie verzog oder ob es sich um einen nervösen Tic handelte.

Nun tönten wieder die tiefen Töne der Turmuhr, rollten über die Dächer, schwebten zwischen den Häuserwänden wie Seifenblasen und zerplatzten an der Mauer. Zwölf große Kugeln, eine kleine nachher – viertel eins.

»Vorwärts!«, sagte Studer. »Ich glaube, wir riskieren nichts mehr. Der andere ist fort. Haben Sie wirklich keine Ahnung, wer geschossen hat?«

Da der andere schwieg, war Studer froh, dass er die Taschenlampe noch nicht abgeknipst hatte, so konnte er doch wenigstens das langsame, aber doch energische Kopfschütteln feststellen. Sie schritten weiter, erreichten das Ende des Gässleins, nun begann ein schmaler

Weg an der Seite eines eingetrockneten Flussbettes. Die Böschung war bedeckt mit hohen Gräsern, überreifen, deren Gelb im Lichte des Mondes schimmerte wie gestanzte Goldplättchen.

»Wollen Sie mir nicht erzählen, warum Sie mich holen gekommen sind?«

Wieder das Kopfschütteln. Die Haare dieses Moritz Spigl waren kurz geschoren, vielleicht war es das, was dem Kopf des Mannes eine Eiform gab – um genau zu sein: Bisweilen war es ein Ei, wenn man ihn von vorne sah, doch im Profil glich er einem Giraffenschädel.

»Nein, Herr Kommissär, gerade dies kann ich nicht. Doktor Arenfurth, dessen Rat ich folgte, hat mich ermahnt, Ihnen nichts zu erzählen. Sie sollen zuerst selber sehen können. Dann werden wir Ihnen erzählen, was wir wissen. Es ist eine düstere, eine traurige Sache, verstehen Sie? Doktor Arenfurth kennt Sie gut, wenigstens hat er das behauptet, und er hat gemeint, dass Sie immer zuerst Fakten haben wollen, Tatsachen – und dann erst die Erzählung, die Aussagen, wenn Sie lieber wollen.«

»Gut! … Aber vielleicht können Sie mir dennoch zwei Dinge mitteilen. Wissen Sie, dass Doktor Arenfurth, wie Sie ihn nennen, eigentlich Baron zur Arenfurth heißt …«

Ein tiefes Lachen … »Natürlich! … Aber Sie wissen doch, in Deutschland war Revolution – keine so ernste wie die französische, aber immerhin –, der Adel ist nicht mehr beliebt. Ein Doktortitel hingegen …«

»Ich verstehe … Sind Sie Deutscher, Herr Spigl?«

»Nein. Schweizer. Auslandsschweizer, wenn Sie wollen. Mein Vater war Französischlehrer in Riga. Dort bin ich aufgewachsen. Mein Vater ist gestorben vor zwei

Jahren, ich habe Verwandte in der Schweiz, darum bin ich in meine Heimat zurückgekommen. Jahrgang fünfundneunzig – somit sechsundzwanzig Jahre alt. Ich habe Riga schon 1915 verlassen und bin nach Paris. Dort habe ich studiert – Kunstgeschichte –, und weil ich eine Arbeit zu beenden habe, bin ich hierhergekommen.«

Studer dachte, wie hellhörig die Nacht mache. Der letzte Satz seines Begleiters: »Weil ich eine Arbeit zu beenden habe …«, war sicher eine halbe Lüge. Wahrscheinlich hatte Spigl eine Arbeit zu beenden – doch sicher keine wissenschaftliche. Warum klang sonst seine Stimme – die zuerst sehr trocken und ehrlich gewesen war – plötzlich weich und – ja: feucht!

Das Weglein an der Uferböschung mündete in eine breite Autostraße, die mehliger Staub bedeckte. Lautlos waren die Schritte, plötzlich erhielten sie Widerhall, denn eine Brücke spannte sich über das Flussbett. Eine Kurve bog die Straße dann nach links, Spigl bog in einen ziemlich breiten geschotterten Weg ein, der einen mit Strauchwerk überwachsenen Abhang schief durchschnitt. Und Studer begann zu schnaufen, weil dieser Weg frisch geschottert war und weil er ziemlich steil bergan stieg. Er dachte an vieles, jedoch nur bruchstückweise …

Vor sechzehn Monaten war er zum Kommissär der Stadtpolizei ernannt worden, nachdem er, während des Krieges, eigentlich nichts anderes gewesen war als Kanalräumer. Und Leuten, die eine derartige Arbeit zu verrichten haben, schenkt man gewöhnlich keine Titel. Er hatte an der offiziell fast unbekannten Bundespolizei mitgearbeitet, erfahren müssen, dass das Wort »Neutralität« nur in den Zeitungen einen sauberen Klang hat. In Wirklichkeit musste man versuchen, Leute zu fangen, die aus allen Himmelsrichtungen kamen, miteinander, gegeneinander arbeiteten, für Geld oder Orden – ganz wenige aus Sport und Leidenschaft, manche aus Liebe. Entdecken musste man sie, fangen, einsperren. Zur Strafe kam es selten, dafür dauerte die Untersuchung zu lange, und während dieser lebten sie üppig in den Zellen der Gefängnisse von Genf, Zürich, Lausanne, Basel, Frauenfeld, Luzern – und im Amtshaus der Bundesstadt Bern. Dort wohnten die Gefangenen gar nicht gerne, denn dort war es am ungemütlichsten. Studer jedoch musste reisen, reisen, von Genf bis Rorschach, von Lugano bis Neuenburg. Die Frau daheim langweilte sich, weil das kleine Töchterlein in die Schule ging und lieber mit Freundinnen spielte, als der Mutter Gesellschaft leistete. So kam es, dass die Frau, viel allein, anfing Bücher zu lesen; sie begann am Morgen, wenn das Meitschi in die Schule gegangen war, das Mittagessen war in einer Viertelstunde parat, nachher saß die Frau wieder in einem Lehnstuhl, las bis zum Abend, zündete das Licht an, legte sich ins Bett, las weiter bis tief in die Nacht – und wenn der Mann einmal heimkam von einer Reise, ärgerte er sich über alles: über den Staub auf den Möbeln, über den Schmutz in der Küche, über die ungelüfteten Betten und über die Kleider, die Mutter und Tochter trugen. Er seufzte, fuhr wieder fort, kam heim. Endlich schien die Hetz aufzuhören – 1919 wurde Studer zum Kommissär an der Stadtpolizei gewählt. Aber nun begann eine neue Arbeit. Über die Grenzen quollen wieder in Scharen Flüchtlinge, sie waren arbeitslos, verarmt, in der Bundesstadt stieg die Kriminalität, der neue Kommissär musste manchmal sechzehn Stunden im Bureau verbringen, Diebstahl, Raub, Mord … er war froh, dass er vor den »vier Jahren« in Graz, in Wien, in Paris, in Lyon studiert hatte; dies erlaubte ihm nun, in Bern eine Fingerabdruckstelle zu organisieren, die später von einem anderen ausgearbeitet werden sollte; und dieser andere heimste den Ruhm ein …

Nun hatte der Kommissär nach sechzehn Monaten Arbeit Ferien genommen und war mit seiner Frau ins Tessin gefahren, weil allzu viele Leute in die Berge fuhren, um dort ihre Ferien zu verbringen. Seit einer Woche wohnte er in der Pension Mimosa oberhalb einer Tessiner Stadt, in der einmal eine internationale Konferenz sich versammeln würde.*

Nachdem das Sträßlein ziemlich hoch am Abhang emporgeklettert war, bog es um und teilte ein Hochplateau, das zwei Hügel rechts und links einsäumten, sodass es wie ein Pass wirkte.

»Wir sind bald da«, tröstete Moritz Spigl. »Nur noch etwa zweihundert Meter. Hinter jenen Bäumen liegt die Mühle, die ich gemietet habe. Ich brauche nicht viel zu zahlen, weil das Dorf fast eine halbe Stunde entfernt ist. Aber wahrscheinlich werde ich jetzt ausziehen müssen, weil …«

* 1925 fand in Locarno eine internationale Friedenskonferenz statt, mit der die vom Versailler Vertrag festgelegte Grenze zwischen Frankreich und Deutschland bestätigt und der Beitritt Deutschlands zum Völkerbund erleichtert wurde.

Er schwieg, Studer schielte in sein Gesicht. Der Mund war geschlossen, und die Schneidezähne seines Unterkiefers gruben sich in die Unterlippe ein.

Die Mühle und ihre Umgebung

An jenem frühen Morgen – der Mond war untergegangen, und in der Finsternis war es unmöglich, die genaue Zeit auf der Taschenuhr festzustellen – sah Studer das Haus, in dem etliches sich noch abspielen sollte, nur undeutlich. Ein schwarzer Würfel, das Dach ziemlich flach. Irgendwo rauschte Wasser. Nachher kam ein freier Platz, rund in der Form, umgeben von niederem Wald. Mitten auf dieser Lichtung lagen um ein Holzfeuer, das am Ausgehen war und nur aus schwelender Glut bestand, einige Leute. Eine einzige, ziemlich unangenehme Stimme war zu hören. Sie klang nicht männlich, war hoch und näselnd. Sie sagte: »Und nun, da ich euch von meiner Jugend genug erzählt habe, wollen wir eine Platte auf den Apparat legen und ein wenig Musik anhören.«

Moritz Spigl wollte von der Straße abbiegen, doch Studer hielt ihn am Arm fest, fragte leise, da der andere zusammenzuckte, ob er die Wunde berührt habe … Nicken.

Ein kratzendes Geräusch. Geigen begannen zu singen, sehr leise. Es war eine Melodie, die der Kommissär schon einmal gehört hatte, er erinnerte sich nicht, wo. Es war eine merkwürdige Melodie, und in der Stille der Nacht schien sie unbekannte Geschöpfe aufzuwecken, die man sonst nur in Märchen antraf. Zwerge, ja, doch nicht die, welche man in den kleinen Gärten bürgerlicher Leute sah, wo sie sich, bärtig, mit blöden Grimassen, zwischen Stecken langweilten, die mit Glaskugeln gekrönt waren, sondern andere, die vor Jahren, als man noch klein war, in der Nacht uns besuchen gekommen sind, wenn wir nicht schlafen konnten. Manchmal handelten Gedichte von ihnen, die in den Schulbüchern standen, und dann tanzten sie auch auf den Schulbänken, in denen wir uns langweilten, als wir in der ersten Klasse saßen, mit kurzen Hosen, mit nackten Knien, um das Schreiben zu lernen …

Die Melodie stieg auf zu den Sternen, die zum Teil sich hinter Wolken versteckt hatten, und da geschah etwas Merkwürdiges. Eine der dunklen Gestalten, die um das halb erloschene Feuer lagen, erhob sich plötzlich und begann nach dem Takte zu schreiten, hin und her, beugte sich, streckte die Arme waagerecht nach vorne, öffnete sie, bis die Hände sich über dem Kreuz berührten, sich lösten, senkrecht hoben sich die Arme, kerzengerade, wie dunkle Flammen, standen sie in der Nacht. Nun schwieg die Melodie.

»Guten Abend!«, sagte Studer mit seiner tiefen Stimme und ärgerte sich, weil sie heiser klang. War die Nachtluft daran schuld? Der Tanz in der rötlichen Dämmerung, die das verglimmende Holz ausstrahlte?

Die Gestalt, welche zu den Klängen eines Grammophons einen Tanz aufgeführt hatte, kam mit großen Schritten näher. Studer drückte auf den Knopf der Taschenlampe, der Kegel traf die Näherkommende.

»Bist du auch gekommen, Dan?«, fragte Moritz Spigl. »Herr Kommissär, darf ich Ihnen Frau Daniella vorstellen?«

Studer räusperte sich, nahm die Lampe in die Linke. Die Hand, die er nun drückte, war gar nicht weich, wie Frauenhände es sonst sind, sondern merkwürdig hart; nicht knochig oder mager, im Gegenteil Sehnen und Muskeln.

»Was haben Sie getanzt?« Wie sollte man die Tänzerin ansprechen? Daniella war sicher ein Vorname, und durfte man diesen Vornamen für eine Unbekannte brauchen? Da erinnerte sich Studer an etwas, was ihm bei seinem Aufenthalt in Österreich unglaublich komisch und lächerlich vorgekommen war. Eine Anrede – eine Begrüßungsbewegung. Der Berner Kommissar beugte sich über die kräftige Hand, die er immer noch hielt, sein Schnurrbart berührte den Handrücken – es wurde, um ehrlich zu bleiben, ein ungeschickter Handkuss –, und die Formel klang noch lächerlicher, denn ein Mund sprach sie aus, dessen Zunge ein wenig an Lähmung litt: »Was haben Sie getanzt, *gnädige* Frau?«

»Es ist das erste Mal«, sagte die Frau, die ein ungewohntes Gewand trug – kurze schwarze Hosen, eine ärmellose Bluse, die wie ein seidener Pullover aussah –, lachte […]

[Das Manuskript bricht mit Ende der Seite ab.]
1938

Die Mühle bei Tag

Studer [ein durchgestrichenes Wort] Studer begriff

[Die folgenden Zeilen sind aufgrund von Stockflecken unlesbar.]

[…] und er begriff, dass sich hinter Fredo Cattaneos Kommen und Gehen, hinter seinem ständigen Auftauchen und Wiederverschwinden ein namenloser Schmerz verbarg […]

[Die folgenden Zeilen sind unlesbar.]

Studer gehörte nunmehr zur Mühle, fast als sei er selbst ein Bestandteil des Mahlwerks, ein Möbelstück, ein Stein. Er saß im Erdgeschoss vor dem großen Kamin, unter dem, laut Spigl, eine Ringelnatter hauste; oder er schlenderte über die Lichtung, betrachtete mit hinterm Rücken verschränkten Händen die alte hölzerne Mühlrinne; vor allem aber hörte er immer und immer wieder zu: Spigls Klagen, Göschs Theorien, den Prahlereien des Barons von Arenfurth, dem Geplauder der Künstler und Tänzerinnen.

Für gewöhnlich tauchte Cattaneo im Morgengrauen oder in der Abenddämmerung auf. Niemand hätte zu sagen vermocht, über welchen Pfad er erschien, und viele bemerkten ihn nicht einmal, da er eine außerordentliche Begabung besaß, sich im Hintergrund zu halten. Studer wusste diese Begabung zu schätzen: Ihm war sehr wohl bewusst, dass der Soldat nur wegen ihm kam. Die meisten Leute, die in der Mühle ein und aus gingen, kannten ihn nicht. Spigl, der Hausherr, legte ein merkwürdiges Verhalten an den Tag: Einerseits hegte er Zuneigung für Cattaneo, lud ihn zum gemeinsamen Trinken ein, andererseits schien er erleichtert, sobald Cattaneo wieder im Wald verschwand.

»Sind Sie noch auf der Suche?«

Immer diese Frage. Studer betrachtete seine Muskeln, den Schweiß, der ihm auf der Stirn stand, den Schmutz unter den Fingernägeln und auf den Kleidern – Cattaneo trug praktisch immer ein Leibchen unter dunkelgrüner Jacke, ein Tuch um den Hals und schwere Militärstiefel.

»Ich bin auf der Suche«, sagte Studer. »Möchten Sie einen Kaffee?«

Der Polizist aus Bern verhielt sich schon so, als sei er der Herr des Hauses. Cattaneo nahm den Kaffee an und verspeiste mit Appetit ein Stück Brot. Studer wusste nicht, was für ein Leben er führte ... aber er war fast sicher, dass er im Freien schlief, wo er gerade war.

»Die Polizei?«, fragte Cattaneo.

Studer antwortete nicht. Er nahm eine Brissago, zündete sie bedachtsam an, bot auch Cattaneo eine an, der mit einem Kopfschütteln ablehnte.

»Ich habe das Haus gesehen, in dem Ihre Frau ein Zimmer gemietet hat.«

»Wo?«

»Ich dachte, das wüssten Sie?«

»Wir haben uns nach meiner Ankunft nur ein einziges Mal gesehen, auf der Piazza von Ascona. Sie hat mir gesagt, wo das Mädchen ist, aber sie war in Eile, man erwartete sie.«

»Wer?«

»Das hat sie mir nicht gesagt.«

»Das Mädchen …«

»Ada hat nichts damit zu tun. Ich möchte nicht, dass sie mit diesem Makel aufwächst.«

Es war ein düsterer Tag, und schwere graue Wolken schienen wie auf dem Wald zu lasten. Alles sah fahl aus, die Bäume, das Wasser, die Wände der Mühle, Cattaneos Gesicht. Die beiden Männer lehnten an einem Mäuerchen neben dem Mühlrad und unterhielten sich auf Deutsch, wobei sie das ein oder andere Wort auf Französisch oder Italienisch einfließen ließen.

»Wir haben uns in Marokko kennengelernt. Anja lebte mit ihren Eltern zusammen … Ihr Vater war ein niederländischer Kaufmann. Wir haben heimlich geheiratet, weil ihre Familie nichts von einem Legionär wissen wollte … eine reguläre Heirat, alles rechtmäßig … sie heißt Anja Cattaneo.« Pause. »Sie *hieß*.«

»Und dann ist Anja fort?«

»Der Vater ist an Malaria gestorben. Sie und die Mutter sind zurück in die Niederlande. Anja hat bei einflussreichen Leuten als Dienstmädchen gearbeitet, aber als die Kleine zur Welt kam, hat sie natürlich … Ich blieb die ganze Zeit in Afrika, oft waren wir wochenlang in der Wüste.«

»Warum ist Anja nach Ascona gegangen?«

»Das hat sie mir nicht gesagt. Ich glaube, um zu arbeiten.«

»Sie war hier als Tänzerin tätig?«

»Das ist merkwürdig … es war nicht ihr Metier. Von ihrem Aufenthalt hier habe ich erfahren, weil es mir

Spigl geschrieben hatte. Wir kennen uns, seit ich in Zürich war ... wir haben als Gärtner gearbeitet.«

»Spigl?«

»Er hat ein Gärtnerdiplom, wussten Sie das nicht? Wir sind in Kontakt geblieben. Ein Glücksfall ... wenigstens das.«

»Hat Anja Ihnen nie geschrieben?«

»Was?«

»Sie sagten, Sie hätten Anjas Spuren verloren. Wie ist das möglich?«

Cattaneos Gesicht wirkte plötzlich noch kantiger, sah aus wie eine hölzerne Skulptur, eine dieser geschnitzten indianischen Totemfiguren.

»Sie hat mir nicht mehr geschrieben. Ich weiß nicht, warum.«

»Haben Sie sie nicht gefragt?«

»Wir haben uns nur ein paar Minuten gesprochen. Aber ich glaube, dass ein anderer Mann im Spiel ist.«

Studer wartete. Er wusste, dass an diesem Punkt keine weiteren Fragen mehr nötig waren. Cattaneo barg in seinem Inneren ein Gewirr aus Schmerz und Groll, eine Verzweiflung, die er lange Zeit nur mit sich selbst geteilt hatte. Es war ganz natürlich, dass die Mauer zu bröckeln begann, dass die Gefühle hervorbrachen und sich bei anderen Menschen Gehör zu verschaffen suchten.

»Es gibt einen Mann, der sie verfolgte. Sie hat mir seinen Namen nicht genannt ...« Cattaneo zögerte. »Aber ich glaube, er hat sie durch Erpressung an sich gebunden, durch die Macht des Geldes.«

Studer dachte an die muskulöse und braun gebrannte Gestalt, vor der Anja sich gefürchtet hatte und die Daniella im Wald auf den Fersen gewesen war. Es ließ sich nicht leugnen, dass die Beschreibung in gewisser Weise auf Cattaneo selbst zutraf. Doch Studer spürte, dass etwas dabei nicht zusammenging. So rüde Cattaneo auch sein konnte, gehörte er doch nicht zu dem Schlag von Menschen, der einer Frau nachstellte.

»Wer könnte das Ihrer Meinung nach …«

»Er ist hier ein hohes Tier: der Baron Lorenz von Arenfurth. Wissen Sie, dass er säuft wie ein Loch? Die jungen Kerle warten vor den Spelunken auf ihn; und wenn der Baron ausgeht, wirft er ihnen eine Handvoll Münzen zu, als seien es Hühner …«

»Aber Arenfurth kannte Anja kaum …«

Cattaneo fluchte. »Dieser Mann […]«

[Das Manuskript bricht mitten auf der Seite ab.]

1938

Mittendrin Studer

Die Badegäste reihten sich einer neben dem anderen am Strand. Einige waren in Hemdsärmeln, andere trugen einen Seidenpyjama über dem Badekostüm. Die jüngeren Damen hatten sich bunte Tuniken umgeschlungen. Zwei Damen standen bis zur Taille im Wasser: Die jüngere las laut aus einem Buch vor; Studer hatte den Eindruck, es handle sich um einen jener billigen Liebesromane, die seiner Frau so gut gefielen.

Frau Studer fand auch das Wort »Badekostüm« hinreißend. Bei Unterhaltungen mit ihren Freundinnen in Bern würde sie sicher wie zufällig auf die sogenannte Bademode zu sprechen kommen.* Da saß sie nun auf einer *sdraia*** unter einem *ombrellone****, wie ein echter Tourist. Was sollte sie im Übrigen auch sonst sein? Und auch Studer war ein Tourist, ein erschöpfter Polizist nach sechzehn Monaten ununterbrochener Arbeit. Die ersten Tage hatte er seine Rolle gut gespielt. Sonnenbäder, Spaziergänge, Mahlzeiten auf der Terrasse der Pension, während sich der Blick in der blauen Stille des Sees verlor. Dann war Spigl mit seinem Giraffengesicht

* Die Wörter »Bademode« und »Badekostüm« kamen im Lauf der 1920er Jahre in Gebrauch.

** Liegestuhl

*** Sonnenschirm

erschienen, und Studer hatte eingewilligt, Baron von Arenfurth zu treffen. Vielleicht hatte der Wachtmeister, nun, da er Kommissär war, eine besondere Vorliebe für wichtige Personen? Oder brauchte er bloß eine Ausrede, um seine Ferien zu unterbrechen?

Während er sich seiner Frau näherte, dachte Studer, dass wichtige Personen niemals die wirklich wichtigen waren. Einige Flammen leuchten heller vor den Augen der Welt. Aber am hartnäckigsten sind die verborgenen Flammen, die unter der Glut weiterlodern. Sie sind es, die dafür sorgen, dass das Feuer von Generation zu Generation am Leben bleibt.

»Herr Kommissar! Wie schön ist der Sommer, nicht wahr?«

Das war Tognolas Stimme, in glänzendem Deutsch.

»Sie waren in Gedanken versunken?«, fuhr der Tessiner Polizist fort.

Studer begleitete Tognola zum Hedy. Er dachte, der Kommissär würde sie mit Handkuss begrüßen, aber seine Erwartung wurde enttäuscht. Vielleicht war Studer der Einzige, der die alten österreichischen Traditionen aufrechterhielt. Tognola ging immerhin so weit, dem Hedy zu versichern, dass sie *incantevole** sei.

Sie nahmen am Rand des Strandes um einen Tisch herum Platz. Der See war von heller Farbe, fast transparent, hin und wieder strich eine Bö darüber. Studer ärgerte sich, dass das Hedy in die Ermittlung hineingezogen wurde, aber Tognola hatte darauf bestanden, seine Frau kennenzulernen: Offenbar fühlte er sich ver-

* bezaubernd

pflichtet, ihr die Ehre zu erweisen. Sowohl sie als auch Tognola trugen Strohhüte. Studer hingegen spürte, wie sein Gehirn kochte, selbst im Schatten. Vielleicht waren am Ende auch die Sonnenbäder nichts für ihn.

»Ah, Sie kennen Bern?«, sagte das Hedy gerade. »Wir wohnen in der Thunstraße, haben Sie die vor Augen? Eine lange Allee …«

»Kann sein … ein bisschen außerhalb, nicht wahr? Befindet sich in der Nähe nicht ein Wald, wie heißt der gleich?«

»Dählhölzliwald!«, rief das Hedy strahlend.

Studer saß zwischen seiner Frau und Tognola und rauchte in kurzen Zügen. In seinem Geist überlagerten sich verschiedene Welten. Ascona mit seinen Theosophen und Künstlern, aber auch mit Arenfurth und Daniella Felder; Ascona mit seinen Wirtsleuten, Fischern, Gewerbetreibenden wie der Familie Broggini; Ascona mit seinen Feriengästen und den Sonnenbädern, den Kellnerinnen, die einen auf Deutsch ansprachen, noch ehe man selbst den Mund aufgemacht hatte. Drei Welten und mittendrin Studer, dem es fast vorkam, als würde er zu allen dreien gehören … auch wenn Theosophen und Künstler für einen Polizisten aus Bern ein wenig zu viel des Guten waren.

Wer waren die wichtigen Personen? Vielleicht Ada, die Tochter des Legionärs und der Tänzerin? Oder der Maler ohne Namen, der Arenfurth beim tödlichen Angriff auf Anja Peters gemalt hatte? Irgendwoher fiel ein Schatten, der die Gestalt des Opfers verhüllte: Anja scheu und zurückhaltend, Anja die Tänzerin, Anja, die in die Wirtshäuser ging, Anja in Angst und Schrecken.

Auch Tognola wusste von dem Gemälde, aber er tat so, als sei nichts. Offenbar wollte er den adligen Herrn nicht zu sehr behelligen. Oder hatte er recht, und all das war nur ein Ablenkungsmanöver?

»Haben Sie herausgefunden, wer das Bild gemalt hat?«, fragte er ihn unvermittelt.

Tognola brauchte einen Augenblick, eher er begriff. »Ach, dieses verleumderische Machwerk!« Er hüstelte. »Nein … Baron von Arenfurth hat beschlossen, keine Anzeige zu erstatten.«

»Sieh einer an«, murmelte Studer.

»Ich habe einen meiner Leute gebeten, die Spur zu verfolgen, mit Diskretion. Leider ist das Gemälde nicht signiert, und niemand erkennt den Stil.«

Den Stil, dachte Studer. In seinem Kopf begann eine vage Idee zu kreisen, eigentlich war es nicht einmal eine Idee, sondern ein bloßes Aufflackern, wie wenn man plötzlich jemanden in der Menge erkennt.

»Wir müssen diesen Künstler finden.«

Tognola sah ihn an. »Glauben Sie, das ist wichtig?«

Das war das richtige Wort. »Ja …« Studer nickte. »Ich glaube schon.«

Die weiße Ratte

Tognola hatte Studer nach Bellinzona eingeladen, um der Obduktion von Anja Peters' Leiche beizuwohnen. Aber dieser hatte abgelehnt: Er wollte Anja so in Erinnerung behalten, wie er sie in dem Zimmer über der Mühle gesehen hatte, bedeckt mit einem weißen Tuch, nachdem Spigl und die anderen den Körper idiotischerweise hierhergeschleppt hatten. Bei ihrem allerersten Anblick hatte Studer plötzlich ein Déjà-vu-Erlebnis gehabt … er war schon immer der Meinung gewesen, dass ein Déjàvu mehr wert sei als streng logische Untersuchungen.

Aber er hatte sich getäuscht. Die junge Rekonvaleszentin, die sich in der Pension Mimosa eingemietet hatte, war nicht das Opfer. Sie sahen sich ähnlich, das ja … Studer dachte unaufhörlich darüber nach, während er in der stechenden Sonne durch die Straßen von Ascona lief. Sie sahen sich ähnlich … und weiter? Das Meitschi zu Gast in der Pension war Französin, Tochter eines Getreidehändlers. Man war entsetzt gewesen, weil sie an Schwindsucht litt und alle sich vor der Krankheit fürchteten. Gerade erst war die Spanische Grippe mit all den Toten, die sie nach sich gezogen hatte, vorbei, und die Tuberkulose war sicher nicht besser. Doch der Händler zahlte, und das Meitschi blieb in dem Zimmer im obersten Stockwerk. Wenn Studer zu später Stunde zurückkehrte, hörte er es husten, leise, wie das Knarzen eines Rollladens.

Es gibt Déjà-vus, die keinen Pfifferling wert sind. Studer war kein Einfaltspinsel: So war es sein Verdienst, dass man in Bern eigens ein Büro für Fingerabdrücke eingerichtet hatte. Er hatte sich von Tognola den Rapport geben lassen – er war sehr freundlich, der Tognola, vielleicht weil er keine Probleme mit den Vorgesetzten wollte –, er enthielt Details zur Verletzung und zum Zeitpunkt des Ablebens. Keine Fingerabdrücke, keine Indizien. Abgesehen von einem Anhänger, einem Medaillon mit einem vierblättrigen Kleeblatt, einem kleinen vergoldeten Kleeblatt, das Anja Glück hätte bringen sollen und das der Angreifer ihr vom Hals gerissen hatte, bevor er sie niederstach. Der Anhänger war auf dem Boden liegen geblieben, und in der Dunkelheit hatten Spigl und seine Freunde ihn nicht bemerkt.

Apropos Spigl und seine Freunde: Studer hatte mit ihnen allen gesprochen. Der liebenswürdigste war Martin Wolf, ein kleiner Maler, der immer mit einem Bergstock herumlief; selbst an den heißesten Tagen trug er einen Wollschal und Filzpantoffeln. Dieser Wolf, den alle Wölfchen nannten, war expressionistischer Maler. Fast jeder bezeichnete sich als Expressionist, ebendeshalb hatte niemand die Angriffsszene gemalt … die, wie Spigl es ausdrückte, in »diesem albernen realistischen Stil« gehalten war.

Auf Wölfchens Schulter hockte stets eine kleine weiße Ratte. Der Maler hatte Studer geduldig zur Seite gestanden, obwohl sie alle die Polizei hassten. Wölfchen machte gern seine Witzchen darüber: »Ihr versprecht mir doch, mich nicht zu schlagen, nicht wahr?«

Der Baron hatte Studer nicht gestattet, das Gemälde

zu fotografieren. Aber Studer hatte Fragen gestellt, dazu, wie dieser oder wie jener male. Bruno Goetz, ein Schriftsteller und einstiger Patient von Freud, hatte erklärt, dass in Ascona keine Gewalt existiere und dass ebendeshalb jeder jeden töten könne.

Studer antwortete nie auf derartige Sätze.

»Wissen Sie, was das Unterbewusstsein ist, Kommissär?«, hatte Goetz gefragt.

Sie hatten um das Feuer vor der Mühle gesessen: Studer, Goetz, Spigl und seine Freundin Liso, Daniella und die Tänzerin May Wendelau, Wölfchen, ein Maler namens Barth, der Schriftsteller Zellwag, der Psychiater Robert Brülsiger mit Ehefrau Trudi und Gösch, der Philosoph, der etwas gegen Rudolf Steiner hatte, weil er angeblich schwarze Magie betriebe.

Die andern warteten auf eine Antwort. Wusste er, was das Unterbewusstsein war? Kannte der Polizist, der die Menschen hinter Gitter brachte, das Gefängnis des eigenen Ichs? Studer hatte die Hände auf die Schenkel gestützt und rührte sich nicht.

»Haben Sie May und Daniella tanzen sehen?«, fragte Brülsiger. »Nun, genau das ist es. Tanzen tötet die Gedanken.«

»Ich würde eher sagen, es regt sie an«, wandte May Wendelau ein.

»Denken vermag nur zu töten, zumal wenn es in einer Utopie gefangen ist«, mischte Gösch sich ein. »Hier fehlt es nicht an Beweggründen, Groll gegen das Schöne zu hegen … vielleicht haben wir zu viel davon.«

»Herr Studer, Sie treibt die Suche nach diesem Banditen, diesem Mörder um«, murmelte Daniella. »Dabei bräuchten Sie nur auf den Astralleib des Opfers zu hören … Ihr seelischer Kraftstrom strahlt bestimmt eine starke, sichtbare Aura aus. Sicherlich nimmt man hier ringsum die Schwingungen wahr. Bringt man Ihnen so etwas nicht auf der Polizeischule bei?«

In diesem Augenblick stieß Wölfchens weiße Ratte ein Piepsen aus, als habe jemand sie getreten. Alle sahen zu ihr hin. Manche erschauderten, ein, zwei »Oh!«, erstauntes Gebaren.

»Gut, gut«, sagte Wölfchen. Dann kicherte er. »Sie ist das Unterbewusstsein, versteht ihr? Unser kollektives künstlerisches Unterbewusstsein sitzt hier auf meiner Schulter. Ihr ist es zu verdanken, dass wir malen, schreiben, tanzen können …«

Warum hörte sich Studer dieses Geschwätz an? Er war von morgens bis abends auf den Beinen gewesen: Zuerst hatte er bei den Brogginis vorbeigeschaut, wo er die kleine Ada wiedergesehen hatte, dann hatte er vergeblich nach Cattaneo gesucht, schließlich hatte er die Besitzerin des Hauses, in dem Anja ein Zimmer gemietet hatte, befragt; nun hörte er diesem Geplänkel zu. Warum ging er nicht fort und zu Bett?

Es war nicht das Unterbewusstsein, sondern ein Bauchgefühl.

Studer spürte, dass diese Nacht besonders war. Er hätte nicht zu sagen vermocht, weshalb, aber er war davon überzeugt, dass es in dieser Nacht zu der entscheidenden Begegnung kommen würde. So werden Verbrechen aufgeklärt: durch Zufall, dank einer Begegnung. Deshalb können Polizisten manchmal nicht zu Bett gehen.

Claus

Lange Zeit ist der Unterzeichner Friedrich Glauser ein Spielzeug in den Händen anderer gewesen. Es ist jedenfalls unangenehm, die Rolle einer Marionette zu spielen, deren Fäden von Psychiatern, Vormunden und Vätern gezogen werden, damit sie sich nach Gutdünken bewegt. Doch in Ascona habe ich Frieden gefunden: Ich bewohnte ein kleines blaues Zimmer mit gelben Vorhängen vor winzigen Fenstern. Ich versichere Ihnen, es ist wirklich ein Vergnügen, unter *menschlichen Wesen* statt unter bürgerlichen Tieren zu leben. Martin Wolf sagte immer, mein Name sei zu lang, so nannten mich alle Claus.

Aber dann kam wie stets ein unangenehmes Gefühl, ein unsichtbares Etwas, das mich innerlich aussaugte und größer wurde, sich in der Magengrube einnistete. Warum beginnt die Angst ausgerechnet dann zu wachsen und uns das Blut auszusaugen, wenn wir in Sicherheit sind? Ich spreche nicht von der Angst vor dem Tod, sondern von der Angst vor der Dunkelheit – der Dunkelheit, verstehen Sie? Meine Mutter ist gestorben, als ich viereinhalb Jahre alt war; seitdem fehlt sie mir so sehr, sie fehlt mir noch immer an jedem Tag, denn niemand mehr hat je meine Angst verstanden.

Viele haben versucht, mir zu helfen, mich nicht entmutigen zu lassen (oder besser, sie haben versucht, mich zu ermutigen). Aber das Morphium mit seiner Verheißung, die Geister zu verjagen, war stärker – am Ende meiner Asconeser Zeit nahm ich auch Kokain, und ich war in der Lage zu stehlen, zu lügen … vielleicht sogar zu töten. Deshalb erlaube ich mir nun, die Karten neu zu mischen, ich erfinde Orte, mache mir einen Spaß daraus, die Namen von einst oder noch immer lebenden Personen zu vertauschen. Ich schreibe weiterhin »Wachtmeister Studer«, obwohl er zu der Zeit noch Kommissär war, weil ich ihn mir gerne so vorstelle.

Hier in Nervi ist das Meer am Morgen fast grau, denn draußen steigen Nebel auf, die ein Wind gegen das Ufer treibt. Vielleicht sollte ich den Anfang noch einmal neu schreiben; stattdessen schreite ich voran. Mit zweiundvierzig Jahren bin ich nicht mehr so bei Kräften wie einst, und die Migräne macht mir zu schaffen. Aber ich kenne meine Krisen: Ich glaube, dass auch der reifste Mensch Momente durchlebt, in denen er die Wirklichkeit so sieht, wie er sie als kleines Kind erfahren hat. Und da diejenigen, die nur die Folgen dieser Momente betrachten, sein Verhalten nicht begreifen können, zucken sie mit den Schultern und sagen, insbesondere in unserem Land: Der ist verrückt … Und doch ist die Sache gerade so natürlich oder gerade so geheimnisvoll wie die Tatsache, dass ein Apfelbaum, den man verdorrt glaubte, plötzlich zu blühen beginnt.

[Das Manuskript bricht mitten auf der Seite ab.]
1938

3
Leben

Nachtstück

Der Mond war untergegangen. In der Dunkelheit zeichnete sich, einer Verheißung gleich, der erste Widerschein der Morgendämmerung ab. Auf der Landebrücke war eine Frau in den Anblick des Sees vertieft. Lange Zeit stand sie reglos da, dann wandte sie sich den Häusern von Ascona zu. Sie trug ein einfaches Leinenkleid und darunter ein Paar Zoccoli. Um den Kopf hatte sie ein rotes Taschentuch geschlungen, das im Halbdunkel schimmerte.

Studer näherte sich mit langsamen Schritten. Er wollte sie nicht erschrecken. Wenn das Geschwätz, das er im Dorf aufgeschnappt hatte, stimmte, konnte es nur *sie* sein. Die *Signora,* wie die Fischer, Weinbauern und Handwerker sie nannten. Ihre Fürsorglichkeit gegenüber den Armen, denen sie mit Rat und Tat zur Seite stand, hatte ihr noch einen weiteren Beinamen eingebracht: »Großmutter von Ascona«. Sie war Malerin, genau wie all die »Expressionisten«, die der Wachtmeister den ganzen Abend lang befragt hatte. Doch sie scheute sich nicht, sich unter die Einheimischen zu mischen.

»Guten Abend«, grüßte Studer.

Sie sah ihn an.

»Du bist der Polizist«, sagte sie zu ihm.

Studer nickte. »Und du bist die Malerin.«

Marianne von Werefkin war nach dem Krieg nach

Ascona gekommen, um die Bronchitis ihres Lebensgefährten, des russischen Malers Alexej von Jawlensky, zu kurieren. Auch sie war Russin und stammte aus adliger Familie. Studer war zu Ohren gekommen, dass Jawlensky sie vor einigen Monaten verlassen hatte und nach Deutschland gegangen war. Es hieß, er habe eine Geliebte. Es hieß sogar, die Geliebte sei das Dienstmädchen oder, wie einige behaupteten, die Köchin des Hauses, und Jawlensky habe ein oder sogar drei Kinder mit ihr.*

»Du bist auf der Suche nach etwas«, sagte die Signora.

Studer heftete den Blick auf sie. Eine dunkle Haarsträhne lugte unter ihrem Kopftuch hervor.

»Ich bin auf der Suche nach einem Mörder.«

»Und du hast eine Frage an mich?«

Vielleicht hatte die Frau einen Hinweis. Aber welcher Art? Studer wusste nicht, was er sie fragen sollte. Derweil schaute sie ihn an und wartete, als wolle sie schieben wie bei einer Partie Jass** und ihm die Wahl des Trumpfs überlassen.

»Du weißt, dass ich mit Anja Peters' Tod beschäftigt bin?«

Die Werefkina deutete auf zwei an ein Mäuerchen ge-

* Marianne von Werefkin wurde 1860 in Tula geboren und starb 1938 in Ascona. 1921 verließ Alexej Jawlensky sie und heiratete Hélène Nesnakomoff, mit der zusammen er 1902 Sohn Andreas gezeugt hatte. Nesnakomoff war 1895 im Alter von vierzehn Jahren bei Marianne von Werefkin in den Dienst getreten und sechsundzwanzig Jahre bei ihr geblieben.

** Jass ist ein in der Schweiz verbreitetes Kartenspiel für zwei, drei oder vier Spieler mit 36 Karten. Das hier verwendete Wort »schieben« bedeutet einer der verbreitetsten Spielvarianten zufolge, dem jeweiligen Spielpartner die Wahl des Trumpfes zu überlassen.

lehnte Bilder. »Hilfst du mir, sie zu tragen? Ich bin ein bisschen müde.«

Studer betrachtete die beiden Leinwände. Die eine war schneeweiß, noch unbemalt. Die andere zeigte das Dorf Ascona vom See gesehen. Es war Nacht, doch die Häuser hatten lebhafte Farben und spiegelten sich im Wasser. Studer dachte, dass vielleicht auch auf dem Gemälde die Sonne kurz vorm Aufgehen war. Vor der Kaimauer lagen einige Fischerboote; dahinter, in weiter Ferne, zeichnete sich das dunkle Gebirgsmassiv ab. Es herrschte ein seltsames Licht, als müsse von einem Augenblick auf den anderen etwas geschehen.

»Hast du das heute Nacht gemalt?«

»Aber nein! Ich male nicht *en plein air.* Ich habe es hierhergeschafft, weil ich es nochmals bei diesem Licht sehen wollte. Und ich habe noch ein anderes im Kopf.«

»Aber du hast noch nicht damit begonnen.«

»Ich habe dir doch gesagt, dass ich nicht im Freien male. Außerdem bin ich noch nicht so weit.«

Studer kratzte sich am Kopf. Er war auf der Suche nach einem unauffindbaren Maler, sie erzählte ihm von einem Gemälde, das es nicht gab … vielleicht bewegten sie sich in die richtige Richtung?

»Was hast du vor zu malen?«

»Den Schmerz.«

»Hm.« Studer spähte auf die weiße Leinwand. »Das wird nicht leicht.«

»Man sieht ihn nicht. Es ist eine ruhige Nacht, gerade brechen die Fischer mit ihren Booten auf. Derweil schläft das Dorf. Der See schläft. Und der Schmerz ist genau das, was nicht schläft.«

»Also sind wir beide es«, bemerkte Studer.

Sie brach in Gelächter aus. Es war ein ansteckendes, fast kameradschaftliches Lachen. Dann schüttelte sie den Kopf und ließ sich auf das Spiel des Polizisten ein.

»Du bist rot, würde ich sagen.«

»Ach ja?«

»Du verbirgst dich in den Bergen, in dem blutigen Schimmer auf dem Wasser, der Straße. Vielleicht gar auf dem Hemd des Fischers, der sein Boot schiebt. Du kennst den Tod, nicht wahr?« Studer antwortete nicht.

»Auch Schwarz wird es geben, gebeugte Figuren, die langsam voranschreiten … Tut mir leid, mein lieber Studer, aber der Tod ist deine Farbe.«

»Und du? Welche Farbe bist du?«

Die Werefkina lächelte. »Ich bin das Blau. Himmel, Berge, Wasser.« Sie hatte breite, etwas vorstehende Zähne. »Ich bin die, die liebt, was es nicht gibt: die Kunst, die Gedanken, welche die Furcht vor der Unendlichkeit wecken. Tiefblau. Und die Natur … unermesslich, unerschütterlich, wie ein schlafender Riese. Der harte, scharfe Felsen. Aber genau über den Felsen, weißt du, Kommissär, was wir dahin setzen?«

Studer versuchte zu raten: »Den Mond?«

»Bravo! Einen großen Mond mit rosa Hof. Die Augen wandern hinauf und bleiben dort haften.«

»Und was sehen sie?«

»Das, was du vielleicht die Wahrheit nennst. Oder dergleichen. Aber lass uns gehen, auf! Ich möchte gern vor Tagesanbruch daheim sein.«

Studer griff nach den Bildern. Seine Beine waren schwer und, was noch schlimmer war, seine Gedanken wirr. Er hatte die ganze Nacht mit den Künstlern und Tänzerinnen am Lagerfeuer gesprochen, ohne etwas herauszufinden. Sie liefen durch die verlassenen Straßen Asconas. Die Häuser wirkten verschwommen, gleichsam schwebend in einem frühmorgendlichen Traum.

»Es wird ein Gesang der Farben, alle dem Gelb des Mondes unterworfen. Eines Tages wird es mir gelingen, das zu malen, Kommissär. Weißt du, man kennt nur das, was man liebt.«

Diese verrückte Alte machte sich einen Spaß daraus, mit ihm zu spielen und ihm Geschichten vom Mond zu erzählen. Studer ließ sich auf das Spiel ein, obwohl er nichts lieber getan hätte, als es sich vor einem Krug Dunkelbier bequem zu machen.

»Apropos kennen …«

»Touristen wie du lieben den See«, unterbrach sie ihn. »Sonne, Berge, Bäume. Aber für mich geschieht das wahre Wunder jeden Morgen, wenn ich nach einer arbeitsreichen Nacht hierherkomme: Alles wird leicht, hell, und die Seele geht in die Weltseele über.«

Sie begann abzuschweifen. Studer rief ihr in Erinnerung, dass sie sich eigentlich über den Mond unterhielten, den sie noch nicht gemalt hatte.

»Ja«, murmelte sie. »Der Mond. Manchmal denke ich, dass die Größe der Kunst nicht darin besteht, was bereits getan wurde, sondern darin, was noch geschaffen werden muss.«

»Das, was es nicht gibt?«

»Oder das, was man noch nicht sieht.«

»Auch ich bin auf der Suche nach etwas, das es nicht gibt.«

»Ah! Da kommt der Polizist zum Vorschein!« Die Werefkina lächelte, dann wurde sie ernst und senkte die Stimme. »Aber den Mörder gibt es, leider. Ich bin dieser jungen Frau, der Anja Peters, begegnet. Sie kam nicht oft ins Dorf, aber manchmal besuchte sie ihre Tochter im Haus der Brogginis.«

»Was wusstest du über sie?«

»Nicht viel. Klatsch. Es hieß, sie sei die Geliebte von Baron Arenfurth. Übrigens hast du ja wahrscheinlich das Gemälde gesehen ...«

Endlich! Studer vergewisserte sich, ob sie tatsächlich auf das Bild anspielte, auf dem Arenfurth Anja Peters angriff. Ob sie vielleicht wisse, wer es gemalt habe? Die anderen Maler hätten nur gemeint, dass es »allzu realistisch« sei.

»Ja, natürlich, machen wir das Ganze zu einer Geschichte der ›Ismen‹. Die andern glauben, dass Kunst eine Erklärung des Lebens sei.«

Studer seufzte. Besser, man hatte es nicht allzu eilig. »Doch in Wahrheit?«

»... ist Kunst das eigentliche Leben – das verletzte, leidenschaftliche, wirre und widersprüchliche Leben, doch sie ist das Leben und das Herz, das ihm antwortet.«

»Auch im Fall dieses unbekannten Malers?«

Die Werefkina schlug ihm vor, sich auf ein Bänkchen zu setzen, um zu verschnaufen. Dann führte sie aus, dass das Gemälde mit der Angriffsszene schlecht sei. Der Maler habe die Gewalt aufgezeigt, bevor es dazu kam, aber nicht mit dem Ziel, Alarm zu schlagen.

»Glaubst du, Arenfurth hat das Meitschi tatsächlich angegriffen?«

»Das weiß ich nicht. Aber ich weiß, wie der Maler heißt: Otto Bakker, ein Holländer. Er hat das Bild gemalt, um den Baron zu erpressen. Er wollte ihm Geld abknöpfen, andernfalls hätte er alles über die *Affaire* zwischen ihm und Anja ausgeplaudert.«

Irgendetwas passte nicht zusammen. »Hatte er denn Beweise? Aber eigentlich brauchte Arenfurth selbst dann nichts zu befürchten …«

»Arenfurth fürchtet die öffentliche Meinung … und vor allem seine Gattin, obwohl sie in Holland lebt. Er selbst besitzt keinen Heller: Sie ist die Vermögende in der Familie. Wenn sie von seinen Abenteuern wüsste …«

Studer erzählte ihr, er habe noch eine andere junge Frau kennengelernt, Daniella Felder. Auch sie sei offenbar eine Geliebte Arenfurths.

»Weißt du was, Kommissär?« Die Werefkina wurde nachdenklich. »Ich habe den Eindruck, dass dir jemand einen Haufen Märchen aufgetischt hat.«

Die Malerin heftete ihre großen, klugen braunen Augen auf ihn. In diesem Augenblick begriff Studer mit einem Schlag, was geschehen war. Ein Täuschungsmanöver! Wut und Scham ließen ihn verstummen. Das Ganze war ein eigens auf ihn zugeschnittenes Täuschungsmanöver. Und er hatte, wie ein Tölpel, nichts davon bemerkt. Deshalb war er so weit davon entfernt, den Mörder aufzuspüren.

Er senkte den Kopf, als wolle er sich verstecken. Sein Blick fiel auf die Bilder, die an dem Bänkchen lehnten. Die nächtliche Landschaft war nicht zu sehen, davor war die leere Leinwand, auf der eines Tages vielleicht ein großer Mond erscheinen würde.

Studers Augenringe

»Armer Herr Kommissär ... wie kommt's, dass Sie nicht geschlafen haben? Wollen Sie sich ein wenig ausstrecken, hier auf dem Sofa? Warten Sie, ich richte die Kissen ...«

Daniella trat näher, beugte sich über ihn. Studer konnte ihr Parfum riechen und erkannte die Rundungen der Brüste unter der durchscheinenden Bluse. Bei dem Versuch, das Kissen zu richten, bedeckte sie sein Gesicht mit ihrem Haar. Studer schob es beiseite. Sogleich wich Daniella zurück.

»Verzeihen Sie.«

»Keine Ursache.«

»Wollen Sie nicht doch einen Augenblick ausruhen?«

Das war eine kluge Frage und mehr als eine bloße Floskel. Daniella wusste, dass der Polizist das Angebot in Betracht ziehen würde. Studer war erschöpft, entmutigt, kam nur tastend voran. Er war zwar nicht im Ausland, aber so gut wie: In Bern kannte er die Gemüter, die Charaktere, die Feinheiten der Mundart; in Ascona konnte er nur erahnen und raten, was wahr war und was lediglich ein für ihn inszeniertes Schauspiel. Und nun dieses halb nackte Meitschi neben ihm auf dem Sofa ... Sie waren allein im Salon der Villa, während eine zarte Morgenbrise durch die weit geöffneten Fenster hereindrang ... Und eigentlich, bei genauer Betrachtung, war Kommissär Jakob Studer ja in den Ferien.

»Danke Ihnen«, sagte er. »Ich bin gar nicht mehr müde.«

»Aber Sie haben ziemliche Augenringe …«

»Die gehören zu meiner Arbeit.«

Natürlich hatte Daniella bereits verstanden. Dieser Vorschlag schien eher auf einen Pakt des Schweigens hinauszulaufen. Aber was hatte Daniella davon, Arenfurth zu schützen? Sie war nicht einmal seine Geliebte.

»Warum dieser ganze Schwindel?«

Sie riss die Augen auf. »Welcher Schwindel?«

Studer machte eine Handbewegung, die den Salon, die Villa, Arenfurth, die Tänzerinnen, Spigl … all das umfassen sollte.

»Wissen Sie, Daniella, dass ich mich erinnere, was Sie anhatten, als wir uns zum ersten Mal begegnet sind, an jenem Abend am Feuer?« Sie blickte ihn ernst an. »Kurze schwarze Hosen und eine ärmellose Bluse, die wie ein Seidenpullover aussah. Ich gebe zu, ich war beeindruckt, gnädige Frau …« Daniella musste trotz allem unwillkürlich lächeln. »Aber ich erinnere mich deshalb daran, weil Anja Peters auf dem Gemälde, auf dem sie von Arenfurth angegriffen wird, genau dieselbe Kleidung trägt.«

Seit Tagen gingen Studer die Fragen durch den Kopf. Anlass dafür war eine Anmerkung in seinem Notizbuch.

Anja Peters: Tänzerin (introvertiert). Aus wohlhabendem Hause?

Anja wurde von allen als scheu, beinahe befangen beschrieben. Und dennoch hatte sie an Lagerfeuern, bei

Darbietungen getanzt, hatte sich unter die Künstler und Müßiggänger des Monte Verità gemischt. Sie war verschlossen, zurückhaltend, lebte in einer Pension und schien keine materielle Not zu leiden … weshalb also hatte sie den Brogginis ihr Töchterchen anvertraut? Warum hatte sie es nicht bei sich behalten? Darüber hinaus hatte sie, trotz ihrer Verschlossenheit, dem halben Dorf von diesem mysteriösen Angreifer erzählt, der sie bedrohte. Derselbe, der Daniella im Wald verfolgt hatte.

»Anja gibt es gar nicht«, murmelte Studer mit zu Boden gesenktem Blick, als würde er zu sich selbst sprechen.

»Man hat sie umgebracht«, sagte Daniella. »Besser gesagt, dieser Mann hat sie umgebracht, der …«

»Auch ihn gibt es gar nicht«, unterbrach sie Studer.

Dann erhob er sich und forderte sie auf, mit ihm hinaus auf die Terrasse zu kommen.

»Ich brauche ein bisschen Frischluft.«

Die Terrasse war von einer steinernen Balustrade eingefasst. Linker Hand lag der Garten, rechter Hand sah man auf die Berghänge und gerade zu auf den mit weißen Schaumkronen gesprenkelten See.

»Ich weiß jetzt, weshalb Spigl nervös war. Ebenso wie Giovanni, der Wirt der Osteria. Wohingegen die Brogginis von nichts wussten: Anja hatte ihnen nicht einmal erzählt, wo sie wohnte. Und zwar deshalb, weil Anja gar kein möbliertes Zimmer hatte.«

Daniella kauerte in einer Ecke der Terrasse. Sie hatte ihr Nachthemd eng um sich gezogen, als wäre ihr kalt.

»Anja hat hier gelebt«, fuhr Studer fort. »Sie war das Dienstmädchen von Baron von Arenfurth. Während Sie,

Daniella, in einem möblierten Zimmer wohnten. Bis Arenfurth, nach Anjas Tod, diesen ganzen Schlamassel veranstaltet hat.«

»Aber …« Daniella wollte protestieren, schloss dann aber den Mund.

Studer machte eine billigende Geste. »Ganz recht so, Lügen erzählen ist sinnlos. – Sie sind hergekommen, um hier, inmitten all der Sachen von Anja, zu leben, Sie tragen ihre Kleider … dieselben, die Anja auf dem Gemälde des Erpressers trägt. Der Baron hat den Wirt der Osteria, die Vermieterin und vermutlich auch Spigl bezahlt. All das, um die Polizei glauben zu machen, das Opfer sei nicht sein Dienstmädchen, sondern irgendeine beliebige Tänzerin gewesen. Und er hat auch Sie bezahlt, Daniella.«

»Ist das ein Verbrechen?« Daniella zog sich zurück in den Salon.

»Ich glaube schon.« Studer zuckte mit den Schultern. »Aber das macht nichts.«

»Was?«

»Ich will wissen, wer Anja umgebracht hat. Der Rest zählt nicht.«

Daniella schien erleichtert. Sie erklärte dem Polizisten, dass Arenfurth entsetzliche Angst vor seiner Frau hatte. Wenn sich herumgesprochen hätte, dass jemand das Dienstmädchen und die gleichzeitige Geliebte des Barons umgebracht hatte und dass der Baron ausgerechnet beim Angriff auf sie gemalt worden war … nun, das schöne Leben in Ascona hätte für Arenfurth sicherlich bald ein Ende gehabt.

»Arenfurth hat alle anderen Bediensteten entlassen«,

sagte Studer. Es war eher eine Feststellung als eine Frage, aber Daniella antwortete trotzdem.

»Ja, es waren Leute aus der Umgegend. Arenfurth hatte nur Anja und einen Butler mitgebracht, der noch immer hier arbeitet, ihn aber niemals verraten würde.«

Studer dachte, dass Arenfurths Plan, so verworren er auch sein mochte, doch gewisse Aussicht auf Erfolg hatte. Der örtlichen Polizei war im Grunde nicht daran gelegen, einen wohlhabenden und freigiebigen Bürger aus dem Ausland allzu sehr zu behelligen. Und was den Klatsch betraf … davon gab es reichlich, zu vielen Themen. Sobald Arenfurth den Erpresser bezahlt hatte, würde er wieder seine Ruhe haben.

»Aber das Gemälde mit dem Angriff hat er sowohl Ihnen als auch Kommissär Tognola gezeigt«, sagte Daniella. »Er hat es Ihnen nicht verheimlicht.«

Mit dieser vermeintlichen Offenheit, mit dieser echten, aber von Lügen durchtränkten Besorgtheit hatte Arenfurth auch Studer hereingelegt, obwohl diesem die Doppelbödigkeit des Barons seit Kriegszeiten bekannt war.

Zum Glück hatte die Werefkina folgende Formulierung gewählt: »Anja Peters kam nicht oft ins Dorf, aber manchmal besuchte sie ihre Tochter im Haus der Brogginis.« Im ersten Augenblick hatte Studer nicht weiter darauf geachtet, aber nach ein paar Minuten hatte er die Wahrheit durchschaut: Daniella hatte Anjas Platz eingenommen, derweil er Ermittlungen über eine falsche Anja anstellte.

Der Wachtmeister ließ sich in Anjas Zimmer führen. Er inspizierte es gründlich, aber es gab nicht viel zu sehen. Abgesehen von Daniellas Sachen war alles schlicht, aufgeräumt, auf das Wesentliche reduziert. Einige elegante Kleider, ein Paar Abendschühchen; ansonsten nur robuste, bequeme Kleidung, Stiefel, Bergschuhe, Schminkutensilien, Kopfschmerztabletten. Eine ovale Fotografie, auf der Anja mit Ada im Arm zu sehen war.

»Besaß sie keinen Schmuck?«

Daniella schüttelte den Kopf. »Das gehört alles mir.«

Mira! Studer schnaubte. Dann, während sie auf die Terrasse zurückkehrten, begann er ihr Vorhaltungen zu machen.

»Ist euch gar nicht in den Sinn gekommen, dass ihr die Ermittlungen behindert? Und wozu überhaupt diesen nicht vorhandenen Angreifer erfinden?«

Daniella errötete. »Wir haben einen Fehler begangen. Aber … wir haben diesen Angreifer zwar erfunden, doch es gab tatsächlich einen üblen Gesellen, der es auf Anja abgesehen hatte.«

Einen üblen Gesellen. Wahrscheinlich bezog sich das Meitschi auf Fredo Cattaneo … der, wenn man ihm Glauben schenkte, niemand anders als der Ehemann, der rechtmäßige Lebensgefährte der Geliebten des Barons von Arenfurth war. Studer seufzte, während er sich seine Brissago anzündete. Von wegen Wahrheit. Bloß ein kleiner Lichtstrahl, der bewies, wie tief und undurchdringlich das Dunkel nach wie vor war.

Der Käfig

Nach seiner morgendlichen Runde durch das Dorf hatte Arenfurth sich sofort in den Pavillon zurückgezogen.

»Um seinen Rausch auszuschlafen«, bemerkte Daniella, der, wie es schien, eine Last von der Seele genommen war. Sie hatte ihre eigenen Kleider angezogen und verkündet, nie wieder einen Fuß in Anjas Zimmer zu setzen. Das Leben in der Villa fiel ihr schwer: Sie sei es gewohnt auszugehen, Restaurants und Tanzfeste zu besuchen. »Ich weiß nicht, wie Anja es hier ausgehalten hat!«

Studer rauchte mit halb geschlossenen Lidern seine Brissago und betrachtete den in der Mitte des Gartens gelegenen Pavillon.

»Ich werde mal nachschauen, ob der Herr Baron wach ist.«

Kaum hatte er die Schwelle überschritten, erspähte er Arenfurth: Mit entblößtem Oberkörper befand er sich in dem Ikosaeder, jenem Gerät, das die Monteveritaner zum Tanzen benutzten. Die ruckhaften Bewegungen des Barons konnte man eigentlich nicht als Tanz bezeichnen; es war eher der Versuch, das Gleichgewicht zu halten, wobei die Hände die Metallstangen umklammerten und die Füße herumruderten.

»Guten Morgen. Ich wollte Sie nicht stören.«

»Das ist nicht wahr.« Arenfurth richtete sich mittels

Armkraft auf und vollführte eine Art Drehung. »Natürlich wollen Sie mich stören.«

»Sie haben recht.«

Arenfurth bekam wieder Boden unter die Füße. »Was gibt's?«

»Ich kann verstehen, wie Sie auf die Idee gekommen sind«, sagte Studer. »Die beiden Meitschis sehen sich sehr ähnlich. Aber haben Sie wirklich geglaubt, so davonzukommen?«

»Warum nicht?« Arenfurth griff nach dem Hemd, das über einer Lehne hing. »Setzen Sie sich. Möchten Sie etwas trinken?«

Studer winkte ab: Es sei noch zu früh. Arenfurth ging dennoch den Aquavit holen. Als er zurückkam, nahmen sie auf den Polstersesseln Platz, inmitten von Turngeräten und Blumenvasen.

»Otto Bakker hat Sie erpresst?«

»Ja.« Arenfurth kippte ein Glas hinunter. »Aber ich habe ihn bezahlt, und ich werde dieses verdammte Gemälde verbrennen.«

»Warum haben Sie es mir gezeigt?«

»Weil ich vor der Polizei nichts verheimliche.«

»Außer Ihre Beziehung mit Anja.«

»Ich hatte keine Beziehung.« Schweigen. Ohne Studer anzuschauen, schenkte der Baron ein weiteres Glas ein, leerte es und schenkte ein drittes Mal ein. »Anja ist mit meiner Frau und mir von Holland hierhergekommen. Da sie schwanger war, hat meine Frau sie nicht wieder mit zurückgenommen, so ist sie geblieben.«

»Sie hatten keine Liebesbeziehung?«

»Was für ein Ausdruck. Nein, das heißt, ich hätte

nichts dagegen gehabt, aber sie wollte nicht. Sehen Sie, wie aufrichtig ich bin?«

»Weshalb dann diese ganze Inszenierung?«

»Um der Justiz zu helfen.«

Studer betrachtete die Spitze seiner Brissago. Dann wanderte sein Blick langsam zu Arenfurth. »Meinen Sie, ich würde zögern, Sie zu verhaften?«

»Weshalb sollten Sie das tun? Die Geschichte mit Daniella hat die örtliche Polizei beruhigt, die nun ganz richtig zu diesem von den Journalisten so genannten ›mysteriösen Angreifer‹ ermittelt.«

»Den gibt es doch gar nicht …«

»Aber es gibt diesen Vagabunden, diesen Soldaten. Nach dem, was man sich in der Osteria so erzählt, ist er mit Anja gesehen worden.«

»Herr Baron, wo Sie doch so bedeutsam sind und so vertraut mit den Kreisen der internationalen Gesandtschaft, weshalb geben Sie sich mit solchen Leuten ab?«

Arenfurth war im Begriff, sich ein weiteres Glas zu genehmigen, doch er hielt inne.

»Wollen Sie mich auf den Arm nehmen?«

»Trinken Sie nicht zu viel, Herr Baron.«

Arenfurth leerte das Glas. »Lassen Sie den Baron weg. Das ist was für Provinzler. Hören Sie, dieses Mädchen hat hier gelebt. Es kursierten Gerüchte über uns. Ich bin ein verheirateter Mann, und dieser Mistkerl von Bakker hat nur darauf gewartet, alles an die große Glocke zu hängen. Ist es da so abwegig, dass ich versucht habe, die Ordnungskräfte auf die richtige Spur zu lenken?«

Arenfurth fluchte und trank noch ein Glas. Dann schenkte er auch Studer ein.

»Ist noch zu früh, was? Egal, ich biete es Ihnen trotzdem an. Sie sollten begreifen, Studer. Wir sind hier im Süden, Sie können uns nicht mit Ihrer Berner Moral, mit Ihrem Beamtengehabe kommen. Wo ist der Studer geblieben, den ich kannte? Die Welt, unsere Welt, Studer, erinnern Sie sich?« Die Rede wurde unzusammenhängend. Er nannte Namen, die aus der Vergangenheit stammten, Wörter auf Niederländisch und Italienisch. »Sie sollten Gymnastik treiben, Kommissär! Und es mit richtigen Frauen treiben, nicht mit so einer Vogelscheuche wie Ihrer Gattin. Wollen Sie ein paar Adressen ... Glauben Sie mir, Doktor Arenfurth ist kein Unbekannter, nein, er ist wahrlich kein Unbekannter in den Bordellen dieses schönen Landes ...«

Studer wartete, bis er sich beruhigt hatte. Dann fragte er: »Waren Sie das, der auf Moritz Spigl geschossen hat?«

Das Drama in der Villa Paola

Moritz Spigl saß vor der Mühle neben einem Holzstapel. Er hatte einen Tisch und eine Schreibmaschine nach draußen geschafft, aber in diesem Augenblick las er Zeitung.

»Neuigkeiten?«, erkundigte sich Studer.

»Das Übliche. Keine Aussicht auf ein Ende der Hitze, Dürre in Frankreich, achtunddreißig Grad in Straßburg, stellen Sie sich das vor. Aber das hier ist eine alte Ausgabe. Ich muss Ihnen etwas gestehen, Herr Kommissär.«

Studer nahm auf einem Holzklotz Platz.

»Ich lese regelmäßig das Feuilleton«, fuhr Spigl fort. »Ausgerechnet ich, der ich vorgebe, ein besonderer Schriftsteller zu sein … ausgerechnet dann, wenn ich eigentlich schreiben sollte, lese ich in der Zeitung *Das Drama in der Villa Paola** von Arnaldo Mohr.«

»Jeder hat seine Schwächen«, sagte Studer.

»Darin kommt ein Meitschi namens Ada vor, genau wie Anjas Töchterchen. Und es gibt einen Verbrecher, der kein Verbrecher ist … gibt es so etwas auch in Wirklichkeit? Hören Sie sich das an: *O Ada, welch schmerzvolle Reise, welch herzzerreißende Stunden; nicht ein-*

* Der Text erschien im Sommer 1921 in italienischer Sprache unter dem Titel *Il dramma di Villa Paola* in der Zeitung *Gazzetta Ticinese*. Glauser zitiert in seinem Manuskript – ohne einen Verweis auf das italienische Original –, wie folgt, auf Deutsch daraus.

mal Verbrecher, geborene Verbrecher, dazu bestimmt, der Menschheit zu schaden, leiden nach ihren abscheulichsten Untaten auf diese Art. Also bin ich kein Verbrecher, kein Übeltäter … die Seele, Ada, glaube mir, die Seele ist noch rein. – Wie finden Sie das?«

»Ich glaube nicht an reine Seelen«, erwiderte Studer. »Und ich bin sicher, dass niemand als Verbrecher geboren wird.«

»Meinen Sie?«

»Niemand ist dazu bestimmt, der Menschheit zu schaden. Im Gegenteil, oft werden Verbrechen eher aus Dummheit denn aus Bosheit begangen.«

»Spielen Sie vielleicht auf eine bekannte Persönlichkeit an?«

»Ich spiele auf Sie an.«

Spigl machte eine merkwürdige Bewegung mit dem Hals, als wolle er die Flucht ergreifen. In diesem Augenblick ähnelte er mehr denn je einer Giraffe.

»Herr Kommissär, Sie … Exgüsi, ich bin ein wenig müd. Ich habe heute bereits in der Morgendämmerung Holz gehackt.« Er deutete auf den Stapel. »Dann habe ich versucht, etwas zu Papier zu bringen. Das Verbrechen, der mysteriöse Angreifer …«

Insgeheim begann Studer das Wort »mysteriös« zu hassen.

»Wie viel hat Ihnen Arenfurth gezahlt?«

Wieder das Gebaren einer verschreckten Giraffe. »Ich … ich habe es weniger wegen des Geldes als vielmehr deshalb getan, um den Ruf eines Freundes zu wahren …«

»Wie viel?«

Spigl senkte den Blick. »Alle ausstehenden Monatsmieten.«

Beide schwiegen. Studer begann auf das Blatt zu schielen, das in der Schreibmaschine steckte. Bloß zwei Worte standen darauf: »Erste Begegnung«. Studer dachte, dass Spigl mit diesem Titel irgendetwas x-Beliebiges hätte schreiben können.

»Ist Ihnen bewusst, dass Sie möglicherweise einen Mörder gedeckt haben?«

Spigl sprang auf. »Nein! Der Baron hat dieses Verbrechen mit Sicherheit nicht begangen. An besagtem Abend … haben Sie die Alibis nicht überprüft?«

»Er war in der Osteria, betrunken«, murmelte Studer. »Aber nichts spricht dagegen, dass er hergekommen sein könnte, um Anja umzubringen, und dann wieder in die Osteria zurückgekehrt ist …«

»Das glaube ich nicht. Meist hält er sich kaum noch auf den Beinen. Und außerdem, weshalb hätte er Anja ausgerechnet so umbringen sollen, wie es dieser namenlose Maler auf dem Gemälde dargestellt hat?«

»Er heißt Otto Bakker.«

»Was?« Offenbar hatte niemand Spigl über die Details aufgeklärt.

»Der namenlose Maler ist Otto Bakker. Auch ich glaube, dass der Baron Anja nicht getötet hat, aber wissen Sie, weshalb? Weil ich denke, dass er sie erschossen hätte. So, wie er auf Sie geschossen hat.«

Spigl schluckte so hastig, dass er fast daran erstickt wäre. Während er hustete, erschien Siss im Eingang zur Mühle, barfuß und in einem langen Kleid. Studer erklärte den beiden, dass Arenfurth extra so geschossen habe, dass er Spigl mit einem Streifschuss erwischte, um auf diese Weise die These von dem mysteriösen Angreifer zu untermauern.

»Der ist doch verrückt!«, rief Siss.

»Wer ist das hier nicht?«, antwortete Studer. »Ich selbst bin so verrückt, dass ich all eure Lügen glaube. Verrückt ist auch Ihr hier anwesender Freund, Moritz Spigl, der sich von einem gescheiterten Baron betrügen und beschießen lässt. Und verrückt auch Daniella, die vorgibt, Arenfurths Geliebte zu sein.«

»Was?«, brachte Spigl stockend hervor.

»Derweil die Wahrheit ...«

Studer ließ den Satz in der Schwebe. Sie alle waren fehl am Platz. Siss mit ihrem baltischen Akzent, Spigl, der in Ascona jeden kannte und sich als Journalist ausgab, in Wahrheit aber bloß einer dieser vielen Ausländer war, die in den Wäldern nach merkwürdigen Dingen suchten. Und er selbst, Studer. Wie sahen ihn die hiesigen Einwohner? Als den behäbigen, stämmigen Polizisten aus Bern, der den ganzen Tag herumlief und mit jedem sprach, ohne zu merken, dass man ihm einen Bären aufband. Vielleicht war ja ausgerechnet Anja die Einzige, die nicht fehl am Platz gewesen war. Sie hatte Arenfurth verschmäht, aber sie war dageblieben, um in der Residenza zu leben. Und ihr Töchterchen wuchs im Dorf auf, ganz in der Nähe. Anja hatte einen echten Grund, in Ascona zu bleiben. Und tatsächlich hatte man sie ermordet.

Nun begriff Studer: Sie war ebendeshalb gestorben, weil sie nicht hatte fortgehen wollen.

Das Unglück

Die Polizei hatte dem Anhänger in Form eines Glücksklees keine Aufmerksamkeit geschenkt. Und auch Studer hatte ihn zu wenig beachtet. Warum hatte der Mörder Anja das Kettchen vom Hals gerissen, bevor er sie tötete? Es gab keine Spuren eines Handgemenges, keinerlei Kratzer oder zerrissene Kleidung. Der Messerstich war vorsätzlich erfolgt, von unten nach oben.

Vielleicht gehörte der Anhänger ja dem Mörder. Anja trug keinen Schmuck, jedenfalls hatte Studer in ihrem Zimmer keinen gesehen. Hieß das folglich, dass Anja diejenige war, die das Kleeblatt abgerissen hatte? Je länger Studer darüber nachdachte, desto mehr gelangte er zu der Überzeugung, dass dieser verloren gegangene, zu Boden gefallene Gegenstand etwas zu bedeuten hatte. Jemand hatte mit dem Glück abgeschlossen.

»Das ist das Leben, das ich führe, Wachtmeister«, sagte Fredo Cattaneo.

Sie liefen am Ufer eines Wildbachs entlang, über einen schmalen Pfad, der sich zwischen Bäumen hindurchwand.

»Ich gehe in diesen Tälern hier angeln, denke an Anja, beobachte hin und wieder heimlich Ada, von Weitem, um sie nicht zu erschrecken.«

»Die Kleine trägt deinen Nachnamen.«

Cattaneo brach in Gelächter aus. »Ziemliches Pech, was?«

»Die Brogginis wären damit einverstanden, wenn …«

»Sie kennen mich nicht. Für sie bin ich ein Schatten.«

Cattaneo blieb stehen. An dieser Stelle bildete der Bach eine tiefe Gumpe. Das Wasser war von dunkelgrüner Farbe.

»Wir können von hier aus starten.«

Cattaneo hatte Studer ein Paar Stiefel und ein altes graues Hemd geborgt. Er selbst trug eine Militärjacke und einen Hut, an den er einige künstliche Fliegen geheftet hatte. Aber er hatte beschlossen, dass sie an diesem Morgen auf die einfachste Art angeln würden.

»Mit Köder – Regenwürmer oder höchstens Heuschrecken. Bei dieser Hitze haben selbst Forellen keine Lust zum Anbeißen.«

Der Himmel war grau und hing tief. Kein Blatt rührte sich. Obwohl sie in den Bergen waren, hatte Studer das Gefühl, sich inmitten glühender Materie zu bewegen. Die Wolken waren spannungsgeladen, kündeten von langsam sich anbahnenden Gewittern. Alles war wie elektrisiert: Fredos vibrierender Tonfall, das Zittern der Angelruten, der weiße Schaum auf dem Wasser.

»Merkwürdig, dass die Polizei mich nicht verhaftet hat. Hast du das vor, Wachtmeister?«

»Du hast mir doch gesagt, dass du glaubst, Baron von Arenfurth sei der Mörder.«

»Wen interessiert das?« Cattaneo war damit beschäftigt, die beiden Teile der Bambusrute zusammenzusetzen. »Die Polizei wird den adligen Holländer nicht verhaften. Den Legionär unbekannter Herkunft hingegen …«

Studer unterbrach ihn: »Ist der Legionär denn unschuldig?«

»Hör mal, mein Freund, ich hatte Anja gerade erst wiedergefunden, und nun habe ich sie für immer verloren. Und ich werde wohl auch das Mädchen verlieren.«

»Wenn Ada deine Tochter ist, hast du das Recht …«

»Pscht! Wir sind hier, um zu angeln.«

Sie stiegen zum Wasser hinab. Cattaneo warf den Köder in die Mitte der Gumpe. Als die Strömung den Angelhaken in ihre Richtung trieb, übergab der Soldat die Rute an Studer, der versuchte, weiter auszuwerfen, bis knapp unterhalb des kleinen Wasserfalls.

Sie hatten keinen Erfolg. Während sie den Wildbach hinaufstiegen, angelten sie weiter. Cattaneo bewegte sich mit präzisen, gemessenen Schritten vorwärts. Er wusste stets, wo die Füße hinsetzen, wie sich vorsichtig einer Gumpe nähern, ohne dass die Forellen ihre Anwesenheit spürten. Cattaneo erklärte Studer, dass diese Fische, bei denen es sich nicht um Teichforellen handle, sehr wachsam seien. Ein Schatten, das Knacken von Zweigen genügte.

»Hier zu überleben ist nicht einfach … auch für einen Fisch nicht.«

Studer war müde. Es kam ihm vor, als folgten sie diesem Wildbach im Maggiatal bereits seit Stunden, oder gar Tagen, Jahren. Die Zivilisation war zusammengebrochen, auf der Welt gab es nur noch sie beide, mit ihren Stiefeln, ihrer Rute, den schweißgetränkten Kleidern. Würden sie bis in alle Ewigkeit angeln? Bisweilen wurde es eng ringsum: Haselsträucher, Ebereschen und Buchen beugten sich über den Bachlauf, Brombeergestrüpp wucherte zwischen den Bäumen und Felsen. Cattaneo ließ keine Gelegenheit aus: Oft verbargen sich die Fische in den Höhlen unter den Steinblöcken, in den Zwischenräumen der in den Bach gestürzten Baumstämme.

Endlich biss eine Forelle an. Mit einem Ruck hob Studer die Rute an und zog den silbrigen Fisch mit seinem regenbogenfarbenen Rücken aus dem Wasser. Aber es war zu früh. Die Forelle hatte den Köder nicht ganz verschluckt, löste sich von dem Haken und fiel Studer vor die Füße. Sie wand sich, um zurück ins Wasser zu gelangen. Der Wachtmeister versuchte, sie mit dem Fuß aufzuhalten, aber er merkte, dass er im Begriff war, das Gleichgewicht zu verlieren. Die Forelle tauchte ins Wasser und war augenblicklich verschwunden.

Cattaneo sagte nichts dazu, deutete nur mit einer Geste den Weg an, der zur nächsten Gumpe führte. Ein paar Minuten später zog Cattaneo zwei Forellen heraus, eine nach der andern. Studer schlug daraufhin vor, eine Pause einzulegen, um die Fische zu säubern und einen Happen zu essen. Sie hatten einen halben Laib Brot und ein Stück Salami dabei. Cattaneo füllte eine Feldflasche mit Wasser aus dem Bach. Dann nahm er die Forellen aus, pflückte ein wenig Farnkraut und stopfte es zusammen mit den Fischen in die Jagdtasche, damit diese frisch blieben. Nach dem Essen wollte er sich gerade eine Zigarette drehen, als er auf dem Grau eines Steines etwas schimmern sah.

Er erstarrte. Er betrachtete den Anhänger mit dem Glücksklee, dann wandte er sich zu Studer um, der seine Brissago rauchte, als sei nichts geschehen.

»Was ist das?«

»Ich glaube, das gehört dir.«

Cattaneos Miene verfinsterte sich.

»Das muss dir vom Hals gefallen sein«, sagte Studer.

»Was für ein Spiel spielst du, Wachtmeister?«

Studer stieß eine Rauchwolke aus. »Vierblättrige Kleeblätter zu verlieren, bringt Unglück …«

»Wie kommst du darauf, dass es mir gehört?«

»Vielleicht, weil jemand gesehen hat, wie du es trägst.«

»Unmöglich … ich trage es unter dem Hemd … das heißt, nicht dieses, aber Halskettchen trage ich immer unter dem Hemd.«

»Ah. Und erinnerst du dich, wo du diesen Anhänger hier verloren hast?«

Schweigen.

»Wann hast du ihn das letzte Mal gesehen?«

»Du willst mich reinlegen!«, murmelte Cattaneo. »Ihr habt ihn dort gefunden, wo Anja gestorben ist, stimmt's?«

»Ganz ruhig. Die modernen Ermittlungsmethoden stützen sich auf die Wissenschaft.«

»Und was heißt das?«

»Ich habe mit Doktor Malapelle in Mailand telefoniert, einem Bekannten von mir, der Experte für Fingerabdrücke ist. Weißt du, was ein Fingerabdruck ist?«

Cattaneo wusste es nicht. Studer erklärte es ihm. Er ging mit Bedacht vor und sagte nicht, dass man auf dem Anhänger Fingerabdrücke gefunden hätte, denn das entsprach nicht der Wahrheit; abgesehen davon war die Oberfläche für einen derartigen Nachweis zu klein. Dennoch erläuterte er ihm, was es mit Fingerabdrücken auf sich hatte und inwiefern sie eine sichere Methode zum

Aufspüren einer Person darstellten. Während er sprach, sah er das Gesicht des Ex-Legionärs immer dunkler anlaufen. Zwischen den Händen hielt Cattaneo noch immer die nicht brennende Zigarette, und seine blauen Augen waren unverwandt auf die von Studer gerichtet.

»Sag mir die Wahrheit, Fredo. Du hast deine Frau umgebracht.«

Es war keine Frage, sondern eine Feststellung. Eine Unterstellung ...

Cattaneo rührte sich noch immer nicht. Studer betrachtete seine Muskeln, seine Tattoos und fragte sich, ob es so klug gewesen war, die Einladung zum Angeln in einem verlassenen Tal anzunehmen.

In diesem Augenblick kam das Gewitter. Schwere Tropfen fielen rauschend auf die Bäume und Felsen nieder. Das Wasser des Bachs begann zu brodeln, die Luft verfinsterte sich. Die beiden Männer wurden von einem Blitz geblendet, und kurz darauf hörten sie das harte Krachen des Donners. Alles ging sehr schnell. Cattaneo öffnete den Mund, als wolle er etwas sagen. Dann schloss er ihn wieder und machte einen Schritt auf Studer zu.

Finsternis

»Wie spät ist es?«, fragte Studer.

»Elf Uhr«, antwortete das Hedy. »Ich habe dich ausschlafen lassen.«

Studer erhob sich hastig. Erst in diesem Moment bemerkte er, dass seine Nase und sein Hals verstopft waren. Er hustete kurz, und ein Schmerz presste seinen Kopf zusammen wie mit einer glühenden Zange. Stöhnend sank der Polizist zurück aufs Bett.

»Was ist passiert?«

Seine Frau seufzte. »Dieselbe Frage habe ich dir auch gestellt ...«

Studer schloss die Augen. Er dachte an den Tag zuvor: den Fußmarsch am Wildbach entlang, den Anhänger in Form eines Glücksklees. An Cattaneos Blick, der einem Geständnis gleichkam. Dann war das Gewitter gekommen, und die Erinnerungen verschwammen: der Ex-Legionär, der ihm aus dem Bach half, der Dauerlauf auf der Suche nach einem Unterstand, die Kälte, der Abstieg nach Cevio.

Sie hatten die Valmaggina-Bahn genommen, bis auf die Haut durchnässt, hatten schweigend einer neben dem andern in einem Abteil der dritten Klasse gehockt. Keiner von ihnen hatte mehr über den Mord gesprochen, aber beide hatten sich so verhalten, als habe Cattaneo gestanden. Hatte der Mann einen seelischen Schock erlitten? Zweifellos, aber ohne dabei ganz zu vergessen, was sie miteinander gesprochen hatten. Der Soldat hatte ein finsteres Gesicht aufgesetzt, sich jedoch mit Bedacht bewegt. Die blaue Bahn war mit vierzig Stundenkilometern gefahren, während es ringsherum ununterbrochen weitergeregnet hatte. Studer hatte zu frösteln begonnen.

»Fühlst du dich nicht gut?«

»Ich bin ein bisschen müde.«

Cattaneo hatte ihm einen Flachmann gereicht. »Trink einen Schluck Grappa.«

Am Bahnhof Ponte Brolla, am rechten Maggia-Ufer, waren sie für ein paar Minuten in dem Stationsgebäude abgestiegen. Es war ihnen gelungen, sich trockene Kleidung zu beschaffen. Als sie weiterfuhren, hatte Studer gleich hinter dem ersten Tunnel nach dem Bahnhof angefangen, wie verrückt zu schwitzen und zu zittern. Cattaneo hatte ihm noch geholfen, zu Fuß von Locarno nach Ascona bis zur Pension Mimosa zu gelangen.

»Als ich zurückgekommen bin«, sagte das Hedy, »hast du gerade deinen Grog getrunken.«

Sie deutete auf das Glas auf dem Nachttisch. Es war das Rezept gegen Grippe: eine Hälfte heißes Zuckerwasser; die andere Hälfte zu einem Teil Brandy, einem Teil Gin und einem Teil Whisky. Studer dachte, dass er, um es aus dem Bett zu schaffen, eine weitere Ration gebrauchen könnte. Aber es war noch ein wenig früh für den ersten Grog. Stattdessen nahm er einen starken Kaffee zu sich, zusammen mit Brot und Honig, und verkündete dem Hedy, dass er ein Weilchen unterwegs sein würde.

»Du solltest im Bett bleiben«, protestierte sie.

Studer wollte schon einwenden, dass man eine heiße Spur nicht erkalten lassen dürfe, selbst wenn der ermittelnde Polizist erkältet war. Dann fiel ihm jedoch ein, dass er gar keine Ermittlungen führte: Er war ein Polizeikommissär, der seine Ferien im Süden verbrachte, und zwar während eines der heißesten Sommer seit Menschengedenken. Die Tatsache, dass er am Tag zuvor mit einem Mörder angeln gegangen war, passte nicht ins Bild. Genauso wenig, wie ihm die Tatsache passte, dass er sich eine Grippe eingehandelt hatte.

»Es ist dringend«, murmelte er. »Tognola muss informiert werden.«

»Er hat gestern Nachmittag hier vorbeigeschaut. Als er erfahren hat, dass du angeln gegangen bist, hat er sich entschuldigt und gesagt, er wolle dich nicht daran hindern, deine Ferien zu genießen.«

Studers Nase lief. Er tastete nach dem Taschentuch, das er unter das Kissen gesteckt hatte, derweil ihm der Gedanke kam, dass man Arbeit brauchte, um die Ferien genießen zu können. Etwas, das einem im Kopf herumging, die Anspannung auf der Suche nach Details, den Drang, herumzustreifen, mit Menschen zu sprechen. In den ersten Tagen, in denen er zusammen mit dem Hedy Sonnenbäder genommen hatte, war er dem schönen Tessin auf den Leim gegangen: Ausgelassenheit, Lachen, Musik. Jetzt dagegen nahm er die Finsternis in ihrem ganzen Ausmaß wahr. Die Einsamkeit, die Angst, den Schmerz desjenigen, dem alles genommen worden war. Eine Frau, die einen Neuanfang gewagt, ein Mann, der den Kopf verloren hatte. Wer weiß, vielleicht hatte Cattaneo im Affekt gehandelt, ohne nachzudenken: die Verzweiflung, die Wut, und immer die Hand am Messer, mit dem Instinkt eines Soldaten.

»Ich muss los.«

»Kommst du zum Mittagessen?«

»Ich glaube nicht.«

Studer hatte ein schlechtes Gewissen. Er hatte Cattaneo mit diesem Kleeblatt-Trick provoziert, als sie allein gewesen waren, und es hatte ziemlich gut funktioniert. Er hätte sofort Tognola Bescheid geben müssen, aber das Fieber hatte ihn außer Gefecht gesetzt. Das Einzige, woran er sich erinnerte, war, dass Cattaneo auf dem Rückweg von der kleinen Ada gesprochen hatte. Studer glaubte nicht, dass er ihr etwas antun wollte … dennoch war es besser, so schnell wie möglich bei den Brogginis vorbeizuschauen.

»Pass nur auf«, sagte das Hedy, »dass du nicht frierst!«

Studer trat mit einem Schal um den Hals hinaus. Draußen hatte es mindestens dreißig Grad.

Letzte Hoffnung

Hinter dem Haus der Brogginis lag eine Tannenschonung. Studer blieb stehen, um zu verschnaufen. Sein Atem ging kurz, und in den Schläfen pochte es schmerzhaft. Tannenduft war ein gutes Mittel gegen Erkältung, hatte sein Vater immer gesagt. Der Wachtmeister legte ein paar Minuten Pause ein, ließ seinem Herzschlag Zeit, sich zu beruhigen, und lief dann auf das Haus zu.

Man empfing ihn freudig, obwohl man in Sorge war. Gerade an diesem Morgen, als Sandro bei der Arbeit gewesen war, hatte ein Unbekannter an ihre Tür geklopft und Teresa eine Karte »zu Händen des Herrn Kommissär Jakob Studer« übergeben. Der Mann hatte sich nicht vorgestellt, aber die Beschreibung passte auf Cattaneo. Auf der Karte standen nur wenige, hastig niedergeschriebene Worte.

> Ich bin nicht geflohen. Werde um 14 Uhr in der Via Buonamano sein.
> F. Cattaneo

Studer fragte sich, was er vorhatte. Wollte er sich stellen? Cattaneo war davon überzeugt, dass die Polizei seine Fingerabdrücke als Beweis hatte … Wollte er ihn vielleicht bestechen? Das passte eigentlich nicht zu ihm.

»Im Dorf gehen Gerüchte um«, sagte Sandro.

Sie hatten ihn wieder in die gute Stube gebeten. Studer musste niesen.

»Fühlen Sie sich nicht gut?«, fragte Teresa, die das Mädchen auf dem Arm hielt.

»Ich habe mich erkältet, nichts Ernstes.«

Teresa bot ihm einen Lindenblütentee an. Studer schlürfte ihn tapfer, während er sich von dem Klatsch der Leute berichten ließ.

»Jemand behauptet, Anjas Ehemann sei im Dorf. Es gibt da einen Mann namens Cattaneo, einen Exsoldaten ...«

»Ist er wirklich Adas Vater?«, murmelte Teresa.

Er ist es, dachte Studer. Oder zumindest behauptet er, es zu sein. Das war nichts, was sich wissenschaftlich beweisen ließ; nur Anja hätte es bestätigen können. Studer war jedoch sicher, dass Cattaneo nicht log. Abgesehen davon hatte er am Tag zuvor zwar kein ausdrückliches Geständnis abgelegt, mit seinem Schweigen jedoch zugegeben, dass er der Schuldige war.

Studer war schon im Begriff, den Brogginis alles zu erklären, doch dann hielt er inne. Wenn schon Anja der Meinung gewesen war, es besser nicht zu tun, wenn Fredo selbst sich nicht zu erkennen gegeben hatte, weshalb sollte ausgerechnet er dann das Geheimnis lüften? Dieses Problem bestand seit Menschengedenken: War es richtig, dass die Brogginis die Wahrheit erfuhren, obwohl sie schmerzlich war, obwohl sie keinerlei Nutzen davon haben würden? Oder brachte die Wahrheit immer einen Nutzen? Das waren philosophische Fragen, befand Studer. Der Staat bezahlte ihn dafür, dass er Diebe und Mörder hinter Gitter brachte, und nicht, damit er sich solche Fragen stellte. Andererseits …

»Herr Studer, sind Sie ganz sicher, dass Ihnen nichts fehlt?«

»Ja, ganz sicher, verzeihen Sie.« Studer schnäuzte die Nase und entschuldigte sich ein weiteres Mal. »Ich denke, man sollte besser nicht so viel auf das Gerede geben.«

Die Brogginis baten ihn, zum Mittagessen zu bleiben: Es sollte gekochtes Hühnerfleisch, Spinat und Salzkartoffeln geben. Studer versuchte, eine Ausrede zu finden, aber er musste tatsächlich wieder zu Kräften kommen. So willigte er auf eine Tasse Suppe ein und trank zwei Gläser Roten.

Während des Kaffees nach dem Essen blieb sein Blick lange auf der schlafenden Ada ruhen. Würde sie jemals erfahren, dass sie die Tochter eines Mörders war? Wie und wo würde sie heranwachsen? Wenn die Brogginis sie bei sich behielten, würde die Vergangenheit vielleicht an ihr abgleiten, ohne ihr etwas anzuhaben, und lediglich eine Lücke, eine Schwermut hinterlassen … Es bestand jedoch die Gefahr, dass die der Mutter zugefügte Wunde auch in dem Mädchen weiterbluten würde. Aber was konnte er, Studer, dagegen tun?

»Ich gehe jetzt besser …«

Die Via Buonamano war sonnendurchflutet. Studer lief dicht an der Mauer entlang auf das einstige Collegio Papio und die Kirche Santa Maria della Misericordia zu. Er bekam kaum Luft, nur durch den offenen Mund, und er spürte, wie das Fieber stieg. Die staubige Straße, eine Schar Kinder beim Murmelspiel, der dunkle Bau der Kirche. Es schien, als verberge sich hinter jedem Ding ein Initiationsritual, etwas, das ein Fremder nur erahnen konnte. Studer war weit weg von alledem … abgesehen vielleicht von jener gedrungenen Figur, die sich im Eingang zum Collegio abzeichnete.

Fredo Cattaneo. Der Abenteurer. Der streunende Hund. Studers Leben war anders verlaufen, aber hatte nicht auch er manches Mal, wenn ihn das Leben in Bern erdrückte, von der absoluten Freiheit in der Legion geträumt?

»Hier entlang«, sagte Cattaneo. »Da sind wir ungestörter.«

Ungestörter? Studer fragte sich, ob der Legionär sich des Abgrunds bewusst war. Er wirkte ruhig, geradezu gelassen, jedenfalls nicht so, als sei er hier, um über einen Gattenmord zu reden.

Sie betraten das Innere des Collegio. Der Kreuzgang war von Unkraut überwuchert, die Mauern abgenutzt und grau. Vor dem Krieg hatte das Collegio Papio in dem Ruf gestanden, eine hervorragende Schule zu sein, aber wie so viele andere Dinge hatte es den großen Umwälzungen nicht standgehalten, und jetzt schien es bloß noch eine Erinnerung, ein Abbild aus einer untergegangenen Welt zu sein.

Sie setzten sich rittlings auf ein Mäuerchen. Studer wartete. Cattaneo blieb zunächst bei seinem unerschütterlichen Gebaren, doch dann begann die Fassade langsam zu bröckeln. Er fing an, den Polizisten zu siezen.

»Was wollen Sie von mir?«

Studer zündete sich in aller Ruhe eine Brissago an.

Cattaneo erhob sich. »Ich habe Sie gefragt, was Sie von …«

»Ich habe verstanden.« Studer zog den Rauch ein. »Setzen Sie sich wieder.«

Ein zarter Windhauch, wer weiß woher, bewegte die Blätter der Kletterpflanzen. Die Brissago schmeckte nach Stroh und Leim. Aber Studer wollte sie nicht ausdrücken, nicht in diesem Augenblick, obwohl er davon husten musste.

»Ich habe Ihnen gestern eine Frage gestellt.«

»Ja«, sagte Cattaneo. »Haben Sie die Antwort nicht verstanden?«

»Ich muss sie von Ihnen hören.«

Die Ermittlungen waren beendet. Die Polizei würde noch die zugehörigen Details klären müssen, die Rolle Spigls und des Barons von Arenfurth, mit all ihren Verwicklungen. Man würde Daniella verhören und ebenso den Erpressermaler Otto Bakker, sofern es gelingen würde, ihn unter den Bewohnern des Monte Verità aufzuspüren. Höchstwahrscheinlich war die Version von Spigl und Arenfurth nicht ganz korrekt … aber darum würde sich Tognola kümmern. Oder aber Tognola würde alles im Sande verlaufen lassen. Studer wollte lediglich eine Antwort.

»Ja«, murmelte Cattaneo.

Schweigen.

»Warum?«, fragte Studer.

Natürlich wusste er, dass es keine echte Antwort darauf gab. Wie auch? Es war die Frage, diese uralte Frage, die einen in schlaflosen Nächten verfolgt, die Männer und Frauen zum Weinen, zum Lachen bringt, dazu, Paläste und Brücken zu bauen, mit der Liebe zu spielen, nur um ja nicht daran zu denken. Warum tötet ein Mann die Mutter seiner Tochter? Aus welchem Grund?

»Sie wollte mich verlassen«, erwiderte Cattaneo mit einer Stimme, die nur noch ein Flüstern war. »Ist die Polizei hier? Werden wir beobachtet?« Er deutete auf die geschlossenen Türen. Einige waren aus den Angeln gehoben und halb zerstört. »Belauscht man uns?«

Studer schüttelte den Kopf. Aber Cattaneo war nervös geworden: Er wollte sich nicht überzeugen lassen und nötigte den Polizisten dazu, sich ins Kircheninnere zurückzuziehen. Studer hatte inzwischen seine Brissago ausgehen lassen und deponierte sie am Eingang des Gebäudes. Bevor sie eintraten, hob er den Blick zu dem Wandgemälde oberhalb des Portals: eine Frauengestalt mit ausgebreiteten Armen und nach vorn gerichtetem Blick, umrahmt von drei Engeln; zu ihrer Linken befand sich eine Gruppe von Männern, zu ihrer Rechten eine Gruppe von Frauen.

Die Kirche war düster und menschenleer. Am Ende, zum Altar hin, glaubte Studer ein Gemälde zu erkennen, das dem soeben gesehenen glich. Cattaneo zog ihn in eine der entlegensten Bänke. Der Wachtmeister fragte sich, ob er ihn am Ende für einen Priester hielt …

»Ich will nicht meine Sünden beichten«, sagte Cattaneo, als habe er seine Gedanken gelesen. »Aber Sie müssen mir unbedingt zuhören.«

Studer nickte.

»Ich habe Anja getötet, weil sie meine Ehefrau war, die Mutter meiner Tochter. Wir haben überstürzt und heimlich geheiratet, sie erwartete das Kind … aber es war alles gesetzmäßig. Und sie hat mich verlassen wollen …«

Studer sagte nichts.
»Das war nicht recht.«
Studer hustete. Das Geräusch hallte in dem Kirchenschiff, als sei ein Knallfrosch explodiert. Er wollte zum Sprechen ansetzen, musste aber erneut husten. Endlich schaffte er es zu fragen: »Warum war das nicht recht?«
»Also bitte! Weil ich, als sie von Marokko fort ist, fast wahnsinnig geworden bin und Himmel und Erde in Bewegung gesetzt habe, um sie wiederzufinden. Ada ist unsere gemeinsame Tochter!«
»Warum wollte Anja Sie verlassen?«
»Sie fand, wir hätten zu schnell geheiratet. Sie hat sich gezwungen gefühlt. Sie hätte nichts gegen mich, sagte sie, aber sie müsse sich Klarheit darüber verschaffen, was sie tun wolle, welches der beste Weg sei … Ich sagte ihr, dass es nur einen Weg gäbe, den, auf dem wir uns befänden.«
»Und sie?«
»In ihren Augen hatten wir bereits verschiedene Wege eingeschlagen. Hören Sie, Wachtmeister, ich weiß, dass ich falsch gehandelt habe.« Der Rücken gebeugt, das Gesicht verkrampft – es schien, als sei Cattaneo mit einem Schlag alt geworden. »Ich fand es nicht recht, dass sie mich verlassen hat, nachdem wir in Marokko wie Mann und Frau zusammengelebt hatten, wenn auch nur für kurze Zeit. Aber ein Mann, ein Legionär, muss selbst eine Weigerung akzeptieren.« Seine Stimme war heiser, wie bei jemandem, der mühsam die Tränen unterdrückt. »Es war nicht recht … Aber wie kann ich von Recht sprechen, ich, der ich eine unschuldige Frau getötet habe? Ich, der ich einem Kind die Mutter genommen habe? Wissen Sie, Studer, diese Geschichte mit dem An-

hänger ändert nichts. Ich hätte Ihnen das alles auch ohne Beweise erzählt.«

»Weshalb hätten Sie es mir erzählt?«

»Weil ich verzweifelt bin. Ich habe in meinem Leben nichts zuwege gebracht und hatte auf einen Neubeginn in der Legion gehofft. Stattdessen … bin ich immer noch allein, gezeichnet von den Jahren, von dem, was ich getan habe. Für mich ist es vorbei, Studer.«

Für gewöhnlich ging Studer Schritt für Schritt nach seiner Methode vor, folgte dem Instinkt oder den kriminologischen Prinzipien, die seine Lehrmeister in Lyon und Graz festgeschrieben hatten. Aber nun hockte er weit weg von der vertrauten Umgebung in einer Kirche und wusste nicht, was er tun sollte. Gewiss, eigentlich hätte er den Mann verhaften müssen. Weshalb saß er also hier und schwieg? Und Cattaneo, weshalb sprach er nicht weiter?

Es war, als könne man die Minuten in der Finsternis verstreichen hören. Die Zeit war etwas Greifbares, nicht nur die Minuten, sondern auch die Jahre, die Jahrzehnte, die die beiden Männer dahin geführt hatten, sich an diesem Ort zu begegnen. Rings um sie herum in der Dunkelheit war alles gegenwärtig: die eiligen Entscheidungen, die Irrtümer, die langen, gleichförmigen Tage, das Warten, die Lichtblicke.

Studer hustete, dann fragte er: »Und nun?«

»Es ist nicht mein erstes Verbrechen«, murmelte Cattaneo, als habe er ihn gar nicht gehört, sondern genau in diesem Augenblick beschlossen weiterzusprechen. »Ich habe gestohlen, bin im Gefängnis gelandet. Kam wieder raus, habe mich verschuldet, habe gelogen, habe gespielt und betrogen und die Frauen ausgenutzt, mit denen ich zusammen war. Ich wäre um ein Haar umgebracht worden, aber ich habe mich gewehrt … Schließlich bin ich zur Fremdenlegion, ehe man mich verhaften konnte. Das ist mein Leben, und es erscheint nicht einmal sonderlich lang, was?« Er legte eine Pause ein. »Wer hätte je gedacht, dass ich Anja in der Legion kennenlernen würde? Zum ersten Mal in meinem Leben habe ich eine Frau wirklich geliebt. Ich habe sie geliebt, und dann habe ich sie getötet. Sie müssten mich verhaften, Studer, Sie oder dieser andere Kommissär.«

Studer erhob sich. »Wenn Sie mir bitte folgen …«

»Tun Sie es nicht«, unterbrach ihn Cattaneo.

»Was?«

»Herr Wachtmeister Studer, ich richte hiermit ein Bittgesuch an Sie.«

Studer setzte sich wieder.

»Ich bitte Sie inständig um Erbarmen. Nicht mit mir, natürlich, denn ich verdiene es nicht, sondern mit meiner Tochter Ada. Ich habe mein Leben gelebt, Sie sehen, was ich daraus gemacht habe. Mit mir steht es bös, auch gesundheitlich.«

»Sie sind ein starker Mann.«

»Weniger stark, als es scheint … Die Ärzte sagen, dass mir mein Herz übel mitspielen könnte. Aber das ist belanglos … Ich bitte Sie, lassen Sie mich fliehen.«

»Fliehen? Wohin?«

»Ich gehe zurück in die Wüste. Ich werde fernab von allen leben, wie ein Eremit.«

»Wozu?«

»Sie wird heranwachsen und den Namen Ada Cattaneo tragen. Sie wird glauben, dass ihre Mutter von einem Vagabunden ermordet wurde, vielleicht gar in räuberischer Absicht. Sie wird niemals den Verdacht hegen, dass dieser Vagabund ihr Vater ist. Ich will nicht, dass es zu einem Skandal kommt, ich will nicht, dass das Kind mit diesem Kummer aufwächst.«

Cattaneo standen die Tränen in den Augen. Er sprach abgehackt, seine Stimme schwankte unnatürlich, und er fuchtelte mit den Händen.

»Ich habe daran gedacht, mich umzubringen. Aber auch das wäre ein Skandal … und ich will büßen, will mir mein eigenes Gefängnis errichten, aus dem ich nie wieder hinauskomme. Bis zu meinem Tod werde ich daran denken, was ich getan habe, an Anjas Körper, der vor meinen Augen zusammenbricht, während mir zu Bewusstsein kommt, dass ich sie niedergestochen habe …«

Lag ein Anflug von Wahnsinn in seinem Blick? Studer war nicht sicher. Aber hatte er genau dieses Flackern nicht auch schon auf den Gesichtern unbescholtener Familienväter, geschätzter Mitarbeiter und achtenswerter gutbürgerlicher Damen gesehen? Ja selbst auf dem eigenen Gesicht, bisweilen, wenn er dessen Anblick flüchtig in einem Schaufenster oder Spiegel erhaschte.

»Sie sind meine letzte Hoffnung, Studer. Ich vertraue auf Sie und Ihr Erbarmen. Wenn Sie mir gestatten zu verschwinden, werde ich zu einer bloßen Erinnerung, die in der Wüste verblasst … nicht einmal das, ich werde zu einem Schatten, dem Schatten eines Schattens.«

Überraschende Wendung

»Ich habe Sie hier, an dem Ort, an dem alles begonnen hat, zusammengerufen, um die Umstände dieses mysteriösen Verbrechens zu klären.«

Jakob Studer ließ den Blick umherschweifen und heftete seine grauen, durchdringenden Augen auf die Versammelten. Einige sahen ihn erwartungsvoll an, andere konnten ihre Furcht kaum verhehlen. Alle waren da: der Baron Lorenz von Arenfurth, die Tänzerin Daniella Felder, der Journalist Moritz Spigl mit seiner Freundin Elisabeth Mosegrell, der Schreiner Alessandro Broggini mit Ehefrau Teresa und der kleinen Ada, der Maler Otto Bakker, die Malerin Marianne Werefkin und Kommissar Tognola, der neben der Tür saß, als sei nichts, allzeit bereit, im Notfall einzugreifen.

Studer nahm in einem breiten Ledersessel Platz. Er streckte die Beine von sich. Dann führte er die Hände vor die Brust, sodass die Fingerspitzen sich berührten. Er sprach mit fester Stimme.

»Meine sehr verehrten Damen und Herren, ich will Ihnen nicht den Grund verheimlichen, weshalb Sie an diesem Abend hier sind. Einer unter Ihnen ist der grausame Mörder von Anja Peters.«

Ein Raunen des Staunens und der Empörung ging durch die Zuhörerschaft. Man befand sich im Inneren der von Spigl bewohnten Mühle, im Hauptraum. Ein großer Kamin beheizte, unterstützt von einem Holzofen, das Zimmer und warf flackernde Flammen auf die Fensterscheiben. Als sich die Entrüstung gelegt hatte, begann Studer in das angespannte Schweigen hinein zu sprechen.

»Die heutigen Kriminologen«, hob er mit ruhiger und voller Stimme an, »lassen oft das Potenzial wissenschaftlicher Methoden außer Acht. Dank der Güte von Kommissar Tognola hatte ich dieser Tage Gelegenheit, den Fall persönlich zu bearbeiten. Insbesondere habe ich Nachforschungen am Tatort betrieben und eine höchst verblüffende Entdeckung gemacht.«

Studer unterbrach sich und zeigte ein Glasfläschchen, das ein wenig gelbliche Erde enthielt.

»Diese Erdkrumen«, fuhr der Polizist fort, »sind genau an der Stelle gefunden worden, wo Anjas Leiche lag, ein paar Schritte entfernt von ihren Füßen. Das Merkwürdige daran ist, dass sie sich nicht dort hätten befinden dürfen: Es handelt sich nämlich um Lithargit, ein Mineral, das der amerikanische Geologe Esper Signius Larsen so getauft hat, nachdem vier Jahre zuvor eine Untersuchung auf dem Cucamonga Peak, im kalifornischen San Bernadino County in den Vereinigten Staaten, erfolgt war.«

Studer legte eine Pause ein und zog die Brauen zusammen, als habe er den Faden verloren. Als er mit trockener Stimme wieder zu sprechen begann, zuckten alle zusammen.

»Lithargit! Nach der altgriechischen Bezeichnung λιθάργνρος, die der Arzt Dioskurides für ein Material verwendete, das bei der Trennung von Blei und Silber entsteht und das er als Wundheilmittel nutzte. Vor allem aber wurde und wird aus Lithargit bis in die heutige Zeit Bleigelb gewonnen, ein Pigment, das bereits in der Malerei der alten Ägypter Verwendung fand. Ich habe daraus geschlossen, dass Anja Peters im Atelier eines Malers gewesen sein muss. Nun, welcher Maler hat sie als Opfer des Barons von Arenfurth porträtiert?«

Alle Blicke richteten sich auf Otto Bakker. Er sprang auf, aber Kommissar Tognola eilte prompt herbei und hieß ihn wieder Platz nehmen.

»Die Erklärung überzeugte mich jedoch nicht, auch deshalb, weil ein Vertrauensmann Bakkers Atelier durchsuchen ließ, ohne irgendetwas zu finden. Ich habe mich daraufhin unter Fachleuten umgehört, und man sagte mir, dass auch Marianne von Werefkin dieses Pigment verwende. Ganz ruhig, Signora, ich will Sie nicht bezichtigen … ich weiß, dass Sie keine Verbindung zu Anja hatten. An diesem Punkt habe ich mich gefragt, ob das Pigment gar nicht von Anja selbst, sondern von ihrem Mörder stammen könnte, also von dessen Schuhsohlen. Das würde beweisen, dass der Mörder im Atelier von Frau von Werefkin war.«

Alle lauschten mit angehaltenem Atem. Studer ließ sich Zeit, um eine Zigarre anzuzünden, und nahm genüsslich einen Zug. Dann fuhr er fort.

»Eine weitere Frage, die mir keine Ruhe ließ, lautete: Warum hielt sich Anja in dem Wald auf, in dem sie anschließend niedergestochen wurde? Signor Cattaneo sagte mir, weil sie ihn, als ihren heimlichen Ehemann, habe treffen wollen. Aber seine Geschichte, die überprüft wurde, hält nicht stand. Er will lediglich als Sündenbock herhalten und einen Fall besiegeln, der einen Skandal auslösen könnte. Ich habe mich daher gefragt: Und wenn die Person im Wald gar nicht Anja war?«

»Aber es war Anja!«, rief Spigl. »Das ist zweifelsfrei nachgewiesen!«

»Bei Nachforschungen innerhalb der Familie Peters habe ich herausgefunden, dass Anja eine Zwillingsschwester namens Chantal hatte. Sie beteuert, Holland nie verlassen zu haben, aber ich habe Beweise für das Gegenteil. Die junge Frau, die jetzt behauptet, Chantal zu sein, ist in Wahrheit Anja ... während Chantal ermordet wurde. Sie war gekommen, um Anja beizustehen, die allein war, schwanger und in Schwierigkeiten. Dann hatte sie ein Verhältnis mit einem der Honoratioren vor Ort. Als er sie verlassen wollte, hat sie gedroht, alles an die Öffentlichkeit zu bringen. Aber wer war dieses Individuum? Geholfen hat mir dabei eine zufällige Bemerkung des hier anwesenden Kommissars Tognola, der mir, als wir uns miteinander bekannt machten, erklärte, dass ihn Anja an jemanden erinnere, vielleicht an eine Schauspielerin ... In Wahrheit erinnerte sie ihn an die junge Frau, mit der er eine Beziehung unterhalten hatte! Darüber hinaus weiß ich, dass Tognola unlängst ein Gemälde bei Frau von Werefkin gekauft hat. Und wenn nun der Kommissar, der übrigens versucht hatte, den Fall im Sande verlaufen zu lassen, derjenige gewesen ist, der Anja, alias Chantal Peters, umgebracht hat?«

Einige Rufe des Erstaunens erhoben sich, manche waren sprachlos. Doch die schneidende Stimme von Kommissar Tognola ließ sie herumfahren. Er stand aufrecht im Türrahmen, in den Händen hielt er einen Revolver.

Effekthascherei

Von: Magda Rossini (magdarossini80@gmail.com)
An: Andrea (info@andreafazioli.ch)
Gesendet: 5. Juni, 18:31
Betreff: Am Schluss angelangt!
Tut mir leid, Andrea, ich habe deinen Anruf gesehen, aber ich habe es nicht geschafft, dich zurückzurufen. Ich schreibe dir von meiner privaten Mailadresse, weil ich schon zu Hause bin. Meine Kinder machen gerade ihre Hausaufgaben, deshalb habe ich ein bisschen Ruhe. Wie sieht es bei dir aus? Mensch, inzwischen sind wir fast fertig! Sag Bescheid, wenn du noch irgendwas brauchst.

Von: Andrea (info@andreafazioli.ch)
An: Magda Rossini (magdarossini80@gmail.com)
Gesendet: 5. Juni, 18:35
Betreff: Re: Am Schluss angelangt!
Anhang: Glauser_Ascona-Roman_Überraschende Wendung.doc
Hallo Magda! Sorry, dass ich dich behellige. Ich habe ein Problem mit dem Kapitel *Überraschende Wendung* (siehe Anhang). Ich habe es mehrfach gelesen, aber ich glaube, es stammt nicht von Glauser. Kannst du mich zurückrufen?

Von: Andrea (info@andreafazioli.ch)
An: Magda Rossini (magdarossini80@gmail.com)
Gesendet: 5. Juni, 18:45
Betreff: Re: Am Schluss angelangt!
Magda? Hast du meine Mail bekommen? Ich schreibe dir noch mal über WhatsApp.

Von: Magda Rossini (magdarossini80@gmail.com)
An: Andrea (info@andreafazioli.ch)
Gesendet: 5. Juni, 18:47
Betreff: Re: Re: Am Schluss angelangt!
Ich habe den Text grad noch mal gelesen. Er scheint mir eine klassische Schlussszene zu sein, oder?

Von: Andrea (info@andreafazioli.ch)
An: Magda Rossini (magdarossini80@gmail.com)
Gesendet: 5. Juni, 18:59
Betreff: Re: Re: Re: Am Schluss angelangt!
Ganz genau. Die »klassische Schlussszene« eines Kriminalromans, mit dem Ermittler, der alle Verdächtigen zusammenführt, um den Schuldigen zu benennen. Dem Erzähler geht es nicht mehr darum, eine Atmosphäre zu erzeugen, sich in die Psychologie, die menschlichen Dramen zu vertiefen. Alles reduziert sich auf eine Frage von Erdreich (mit diesen absurden Erläuterungen zu Pigmenten) und auf Zufälle. Plötzlich taucht sogar eine Zwillingsschwester auf, wie in einem Fortsetzungsroman oder einer TV-Serie. Studer wird als eine Art Sherlock Holmes beschrieben, mit »grauen, durchdringenden Augen« und Fingern, die sich vor der Brust berühren, während er in einem »breiten Ledersessel«

Platz nimmt (in Spigls Mühle?). Auch stilistisch ist es ein Problem, mit allzu vielen Gemeinplätzen und unpassenden Formulierungen: »Einer unter Ihnen ist der grausame Mörder von Anja Peters«; »Ein Raunen des Staunens und der Empörung ging durch die Zuhörerschaft« (Zuhörerschaft?); »die heutigen Kriminologen«; »Nachforschungen betrieben«; »Es handelt sich nämlich um Lithargit«; »nahm genüsslich einen Zug«; »einem der Honoratioren vor Ort«; »die schneidende Stimme des Kommissars« etc. Aus logischer Sicht ist die Lösung mehr als lückenhaft. Kommissar Tognola, der angeblich ein Bild bei der Werefkina erwirbt, eine Beziehung mit Anjas Zwillingsschwester »unterhalten hat«, die junge Frau im Wald ersticht und dabei natürlich Pigmente verteilt … Und Anja? Sie soll nach Holland zurückkehren, sich als ihre Schwester ausgeben und ihre Tochter im Stich lassen? Ganz zu schweigen von Studer, der Bakkers Atelier von einem »Vertrauensmann« durchsuchen lässt (wobei Bakker übrigens plötzlich einfach so zum Vorschein kommt). Im Gegensatz dazu ist das Ende mit Fredo Cattaneo, der seine Schuld gesteht, viel natürlicher, glaubwürdiger, ohne überflüssiges Rätselraten. Glauser ging es erklärtermaßen darum, beim Lesen zum Nachdenken und zur Reflexion anzuregen, und nicht unbedingt darum, den Schuldigen zu enttarnen. Er wollte einen Roman schaffen, der im Rahmen des Krimigenres ein tiefschürfendes Werk mit Reflexionen über Gut und Böse, über Einsamkeit und Wahrheit sein sollte. Weshalb hätte er mit einer solch überraschenden Wendung enden sollen, wo er derartige Effekthascherei doch nicht leiden konnte?

Von: Magda Rossini (magdarossini80@gmail.com)
An: Andrea (info@andreafazioli.ch)
Gesendet: 5. Juni, 19:07
Betreff: Re: Re: Re: Re: Am Schluss angelangt!
Anhang: PersonalausweisMRC.png
Mir scheint, du hast begriffen, oder?

Von: Andrea (info@andreafazioli.ch)
An: Magda Rossini (magdarossini80@gmail.com)
Gesendet: 5. Juni, 19:09
Betreff: Re: Re: Re: Re: Re: Am Schluss angelangt!
Vielleicht. Danke für das Foto von deinem Pass. Ich war auf deinen Namen gestoßen, aber es hätte ein Zufall sein können. Ich muss allerdings gestehen, dass ich noch nicht verstanden habe, was das Ganze soll. Warum beauftragt man mich damit, die Fragmente von Glauser zu ordnen, um mir dann ein gefälschtes Kapitel unterzuschieben?

Von: Magda Rossini (magdarossini80@gmail.com)
An: Andrea (info@andreafazioli.ch)
Gesendet: 5. Juni, 19:12
Betreff: Re: Re: Re: Re: Re: Re: Am Schluss angelangt!
Es ist kein Zufall. Ich heiße Magda Rossini Cattaneo … Rossini ist der Nachname meines Mannes Giulio. Ich bin die Tochter der Zwillingsschwester von Aurelio Cattaneo. Du siehst, dass ich in dem letzten Kapitel auch ein bisschen die Wahrheit abbilde … und ausgerechnet das erscheint dir am unglaubwürdigsten! Aurelio hatte eine Zwillingsschwester, die vor etlichen Jahren gestorben ist. Er ist also mein Onkel. Ada Cattaneo ist

meine Großmutter, und es ist mir gerade noch rechtzeitig gelungen, auch Teresa Broggini auf ihre alten Tage kennenzulernen. Aurelios Großeltern Fredo und Anja Cattaneo sind meine Urgroßeltern.

Von: Andrea (info@andreafazioli.ch)
An: Magda Rossini (magdarossini80@gmail.com)
Gesendet: 5. Juni, 19:15
Betreff: Re: Re: Re: Re: Re: Re: Re: Am Schluss angelangt!
Ich kann verstehen, dass ihr die Geschichte nicht mit den echten Namen eurer Vorfahren veröffentlichen wollt. Aber warum mich anlügen? Warum mir die Manuskripte aushändigen und dann dieses ganze Theater spielen?

Von: Magda Rossini (magdarossini80@gmail.com)
An: Andrea (info@andreafazioli.ch)
Gesendet: 5. Juni, 19:24
Betreff: Verzeih mir!
Wir haben dich nicht ganz und gar angelogen. Aurelio hat den Koffer mit den Manuskripten gefunden und mir gezeigt. Ich habe festgestellt, dass es sich zwar scheinbar um Romanfragmente handelt, diese aber etliches über unsere Familie verraten. Vielleicht hat Glauser ja deshalb nicht weiter daran gearbeitet. Wir hätten die Dinge auf sich beruhen lassen können. Aber Aurelio hat auf einer Übersetzung beharrt, um alles veröffentlichen zu können. So sind wir übereingekommen, uns an dich zu wenden, ohne dabei jedoch unsere verwandtschaftliche Beziehung preiszugeben. Ich habe Aurelio davon über-

zeugt, dass das zu unprofessionell gewirkt hätte (es ist die einzige kleine Lüge, die auch auf seine Kappe geht, der Rest ist meine Schuld). Für Onkel Aurelio ist Fredo Cattaneo ein Vorbild. Er hat seinen Vater nie kennengelernt, stattdessen hat er sich seit seiner Kindheit ein Bild seines Großvaters Fredo zurechtgelegt. Zeitlebens hat er versucht, ihn nachzuahmen, so zu sein wie er: Er ist in die Sahara gereist, ist der Fremdenlegion beigetreten … du hast ja gesehen, wie stolz er darauf ist! Jetzt ist er alt, er hat ein schwaches Herz, wie hätte ich ihm da die Wahrheit sagen können, ihm seinen Lebensinhalt zerstören? Es war längst zu spät, ihm die Texte zu verheimlichen, er hatte bereits etliche gelesen, aber ich habe es geschafft, auch mein gefälschtes Kapitel in den Koffer zu legen. Ich weiß, dass es nicht sonderlich gut gelungen ist, aber ich glaube, es könnte helfen, Onkel Aurelio zu beruhigen. Wenn er erfahren würde, dass Fredo Anja umgebracht hat, wäre das für ihn ein Schlag, von dem er sich nicht mehr erholen würde. Ich bitte dich aufrichtig um Verzeihung, Andrea! Aber weißt du, er ist mein Onkel, der Zwillingsbruder meiner Mutter, und er ist ein ziemlicher Sonderling. Er hat nach Fredos Vorbild gelebt … Was sollte ich machen? Ich habe versucht, die Wahrheit vor ihm zu verheimlichen oder zumindest Zweifel daran zu wecken.

Von: Andrea (info@andreafazioli.ch)
An: Magda Rossini (magdarossini80@gmail.com)
Gesendet: 5. Juni, 19:29
Betreff: Re: Verzeih mir!
Mach dir keinen Kopf, Magda. Das ist kein Drama für

mich. Ich befürchte allerdings, dass es zu spät ist, Aurelio die Wahrheit zu verheimlichen. Genau vor einer Stunde hat er hier angerufen: Er habe einen Brief, der zwischen den Sachen seiner Großmutter zum Vorschein gekommen sei. Er war nicht in dem Koffer, deshalb wird er dir entgangen sein. Um ehrlich zu sein, hat er ihn schon vor einiger Zeit gefunden, aber er hat dir nichts davon erzählt, weil er befürchtete, dass du nicht darüber hinwegkommen würdest. Er war also seinerseits auch um dich sehr in Sorge.

Irgendwo auf der Welt

Liebste Ada,

ich habe diesen Brief an Spigl adressiert. Wir haben uns eine Zeit lang geschrieben, dann habe ich meine Spuren verwischt, für ihn und für alle anderen. Aber zuvor habe ich ihm diesen Brief geschickt, mit der Bitte, ihn dir auszuhändigen, sobald du groß bist. Nun bist du zwanzig Jahre alt und weißt nichts über deinen Vater. Oder besser gesagt, Teresa und Sandro sind Mutter und Vater für dich. Das ist gut so. Du heißt natürlich Ada Cattaneo und weißt daher, dass ich, Fredo, dein leiblicher Vater bin, und bestimmt hat man dir auch von deiner Mutter Anja erzählt.

Mir fällt gerade auf, dass ich gar kein Datum genannt habe: Ich schreibe im Mai des Jahres 1923, und du wirst 1940 von mir lesen. Aus Gründen, die zu erklären zu lange dauern würde, musste ich nach dem Tod deiner Mutter aus der Schweiz fliehen. Ich will nicht in die Details gehen, ich denke, es ist besser, die Vergangenheit zu lassen, wo sie ist: im Dunkeln. Ich sage lediglich, dass ich eine Verantwortung für den Tod von Anja trage, die ich sehr, sehr geliebt habe, und dass ich zu deinem Wohl vor zwei Jahren beschlossen habe, für immer zu verschwinden. Ich schreibe dir weder, um mich schuldig zu bekennen, noch, um deine Neugierde zu wecken. Ich will dir bloß sagen, dass ich einen großen

Fehler begangen habe und gezwungen war, mich von dir zu trennen.

Dafür bitte ich dich um Vergebung.

Außerdem bitte ich dich, dafür zu sorgen, dass mein Name in Vergessenheit gerät. Ich weiß nicht, ob ich noch am Leben sein werde, wenn du diese Zeilen liest. Ich lebe an entlegenen Orten, und meine Gesundheit verschlechtert sich zusehends. Noch hält mein Herz stand, aber vielleicht werde ich tot sein, wenn du zwanzig bist. Oder irgendwo auf der Welt, fernab von allem. Doch du sollst wissen, dass ich tagtäglich an dich, an deine Mutter, deine Adoptiveltern denke. Ich denke an euch und versuche zu beten ... ich weiß nicht, ob es zu etwas nutze ist, aber es ist das Einzige, was mir bleibt. Jeden Tag bei der Arbeit, wenn ich den Menschen hier, die in extremer Armut leben, beistehe, ja selbst im Schlaf denke ich an meine kleine Ada, an das einzige Licht, das mein von Wolken verdunkeltes und sturmgepeitschtes Dasein je hat erhellen können.

So sollst du mich bewahren, Ada, wie eine Stimme, die der Wind aus der Ferne zu dir getragen hat, wie einen Hauch, der aufkommt und im selben Moment erstirbt. Ich möchte, dass du glücklich bist. Behalte nur das von mir: Ich habe dich geliebt, noch bevor du auf die Welt gekommen bist, und ich werde dich lieben bis zu meinem letzten Atemzug.

Fredo

Eine wahre Geschichte

Während ich nach Ludiano fuhr, dachte ich an Moritz Spigl.

Unter all den so schwer greifbaren Figuren des Romans war Spigl eine der seltsamsten. Erst verbündete er sich mit Arenfurth, wegen Geld, vielleicht auch aus Langeweile. Dann versuchte er, diese Geschichte aufzuschreiben. Derweil schickte er Briefe an Fredo, der nach den ersten zwei Jahren nicht mehr antwortete. Er geht nach Marokko – weshalb auch immer –, schickt Glauser vierhundert Seiten und verschwindet dann im Nichts, genau wie Fredo. Doch Fredo war schuldig, er wollte eine Art Buße. Spigl hingegen hatte nichts damit zu tun. Er hat bloß versucht zu schreiben.

Genau wie ich das tue.

Nach dem E-Mail-Verkehr mit Magda war ich davon überzeugt, gescheitert zu sein. Auch ich, genau wie die anderen: Spigl, Arenfurth mit seinen Tricksereien, Bakker mit seinem Erpressungsversuch, Daniella, die es nicht schaffte, eine echte Tänzerin zu werden, Fredo, der sich von seiner Tochter trennen musste. Selbst Studer hatte letztlich darauf verzichtet, den Fall zu lösen.

Diesmal hörte ich nicht Clifford Brown, sondern Tony Fruscella, ebenfalls ein Trompetenvirtuose. Auch er hatte ein Leben am Rande geführt: ein Genie mit einem reinen, melancholischen, kristallklaren Klang, das als Obdachloser endete. *His Master's Voice.* Tony improvisierte um die Töne eines Liedes herum, das er in seiner düsteren Kindheit im Waisenhaus gehört hatte, während ich mich Ludiano näherte und versuchte, mich im Stammbaum der Familie Cattaneo zurechtzufinden.

Ich konnte es immer noch nicht fassen, dass Magda Rossini, Lektorin bei Casagrande, eine Nachkommin von Fredo sein sollte. Es ist ein komisches Gefühl, mitanzusehen, wie sich deine Herausgeberin in eine Romanfigur verwandelt. Paradoxerweise hat in den letzten Wochen Aurelio seinerseits Magda etwas vorgetäuscht: Als wir uns am Monte Verità trafen, hatte er den Brief, den Fredo an Ada geschrieben hatte, bereits gefunden. Er hatte geschwiegen, weil er nun, da er begründetermaßen davon ausgehen musste, dass Fredo Anjas Mörder war, glaubte, dass es Magda »das Herz brechen würde«, wie er es formulierte.

Es war später Nachmittag. Kaum hatte ich den Wagen neben dem Grotto geparkt, kam mir Magda mit zwei sechs- bis siebenjährigen Kindern entgegen.

»Sagt ihr Guten Tag? Tut mir leid, mein Mann hatte heute keine Zeit, sich um sie zu kümmern.«

»Kein Problem«, antwortete ich.

Sie lächelte.

»Wir haben dir da ganz schön was eingebrockt.«

Beim Anblick ihrer hellen Haut und ihrer blauen Augen kam mir der Gedanke, dass hier vielleicht ja Anjas holländische Gene zum Vorschein kamen. Ich beteuerte ihr noch einmal, sie solle sich keinen Kopf machen.

»Seid ihr zwei ins Reine gekommen?«

»Er hat mir Vorhaltungen gemacht: Ich hätte wissen müssen, dass einen alten Legionär nichts umhauen kann …«

»Das klingt ganz nach ihm.«

Wir nahmen an einem Ecktisch Platz. Für Anfang Juni war es ziemlich heiß. Es gab nur wenige Gäste und eine einzige Bedienung. Aurelio stellte sie uns als »Giovanna, die Seele des Grotto« vor. Dann setzte er sich zu uns.

»Nun, Fazioli, ich muss zugeben, dass Sie recht hatten. Mein Großvater Fredo hat den Kopf verloren. Er hat das Schlimmste getan, was ein Mensch tun kann.«

»Das tut mir leid.«

»Grämen Sie sich nicht. Er war Soldat und wusste, wie er seine Strafe zu verbüßen hatte. Ich muss gestehen, dass die Lektüre und die Umgestaltung der Manuskripte ein … wie soll ich sagen, heikles Unterfangen waren.«

Das Gesicht des Ex-Legionärs war streng und hager. Doch konnte er ein Flackern in den Augen nicht verbergen, und auch nicht ein Zittern – oder eigentlich kein Zittern, sondern nurmehr ein Zögern – in der Stimme.

»Ich habe mir jene Zeiten vorgestellt, als meine Mutter noch ein Kind war und Opfer eines grausamen Spiels. Ich … ich habe an diese vergeudeten Leben gedacht, an das Böse, das ein Mensch anrichten kann …«

»Onkel Aurelio …«

Magda legte eine Hand auf seinen Arm. Doch er hatte sich bereits gefangen, und nach einem kräftigen Husten heftete er seinen Blick auf mich.

»Und was machen wir jetzt, Fazioli? Verschließen wir alles im Koffer? Das wäre meiner Nichte am liebsten, obwohl sie doch im Verlagswesen arbeitet!«

»Onkel Aurelio, ich finde, wir sollten die Sache nicht vorantreiben …«

»Es gibt da nichts voranzutreiben! Die Arbeit ist bereits getan. Herr Glauser war ein Freund von Fredo, sie haben sich in der Fremdenlegion kennengelernt. Wenn er beschlossen hatte, darüber zu schreiben, dann deshalb, weil er glaubte, dass die Geschichte vielleicht dem Leser zur Mahnung gereichen könnte.«

»Zur Mahnung?«, fragte ich.

»Das Böse ist überall!« Cattaneo hob einen Finger. »Man braucht keine Angst davor zu haben. Man muss es nur wissen und auf der Hut sein. Hören Sie, Fazioli, wären Sie damit einverstanden, unter Ihrem und Glausers Namen zu veröffentlichen?«

»Aber die Leute werden die Namen wiedererkennen und sich an die Begebenheiten erinnern.«

»Meinen Sie? Ich glaube nicht. Und wissen Sie, weshalb?«

Ich wusste es nicht.

»Weil das Werk unter Ihrem Namen veröffentlicht wird. Auch wenn man Sie vielleicht mit Glauser verwechselt, wer würde jemals darauf kommen, dass Sie, Fazioli, eine wahre Geschichte veröffentlichen könnten? Alle werden glauben, dass es einer Ihrer üblichen Romane ist. Außerdem sind hundert Jahre vergangen … wir können ruhig zugeben, dass es eine wahre Geschichte ist, wir haben keine Angst zu zeigen, woher wir stammen.«

»Einer meiner üblichen Romane«, murmelte ich.

Magda lächelte. »Er hat nicht ganz unrecht, Andrea. Es wird so kommen. Selbst wenn du diese Szene schilderst, wie wir uns hier unterhalten, werden alle glauben, es sei ein fiktives Werk.«

Allmählich legten sich die Schatten des Abends über die Felder und wanderten die gegenüberliegenden Berge hinauf. Das Grau der Tische wurde dunkler, ebenso das des großen Felsens neben dem Eingang, direkt am Waldrand. Aurelio brachte uns Rotwein aus der Region, den er in Keramikbechern servierte. Ich trank meinen Wein und beobachtete die Kinder, die am Fuß des Felsens spielten. Aurelio erklärte Magda erneut, dass man den Roman unbedingt veröffentlichen müsse, etwa mit einem fesselnden Titel wie: »Geschichte eines vom Bösen korrumpierten Mannes, der die Kraft fand, seine Schuld zu sühnen.«

»Ja, vielleicht ...«, versuchte Magda ihn zu bremsen. »Was meinst du, Andrea, ginge das?«

»Ich weiß nicht«, antwortete ich. »Lasst mich kurz drüber nachdenken, dann sprechen wir.«

Ich entfernte mich ein paar Schritte. Als ich an dem Felsen entlanglief, spürte ich einen kühlen Luftzug. Es war ein zarter Hauch, der sich in die abendliche Hitze einschlich, einem unpassenden Gedanken gleich. Ganz in meiner Nähe spielten die beiden Kinder Fangen.

»Du bist!«

»Immer ich!«

»Lauf halt ...«

»Hab dich! He, wollen wir spielen, dass der Stein das Haus ist?«

»Okay, aber zuerst musst du raus ...«

»Fang mich doch!«

»Na warte, ich krieg dich!«

Aus dem Wald drang ein Geruch von Moos, Erde, Holz und vermoderndem Laub herüber. Ich legte die Hand auf den Felsen, der noch ein wenig Sonnenwärme in sich barg. So verharrte ich eine Minute, vielleicht zwei, ehe ich mich wieder an den Tisch zu Magda und Aurelio setzte.

Anmerkungen des Autors

Folgende Kapitel sind vollständig von Friedrich Glauser verfasst, es handelt sich dabei um die Fragmente zum sogenannten *Ascona-Roman:* »Erste Begegnung«, »Erinnerung«, »Vorrede«, »Unterbrochene Ferien«, »Die Mühle«, »Abend«, »Die Mühle und ihre Umgebung«. Die Fußnoten zu diesen Texten stammen von der italienischen Übersetzerin Gabriella de'Grandi.

Die Kapitel »Studer im Süden« und »Claus« sind zwar von mir zusammengestellt, bestehen aber überwiegend aus Passagen aus Glausers Werken.

Alle übrigen Kapitel sind vollständig von mir verfasst. Die Fußnoten stammen überwiegend von mir (oder sind von Gabriella de'Grandi angeregt). Hier und dort finden sich Verweise auf Werke von Glauser, insbesondere auf Romane mit Studer als Protagonisten.

Die Verse *Il faut attendre il faut attendre / Il faut attendre d'autres jours,* die Cattaneo im ersten Kapitel anführt, stammen von dem belgischen Dichter Maurice Maeterlinck und werden von Glauser in seiner Erzählung »Unten« zitiert, die in dem Band *Der alte Zauberer* (*Das erzählerische Werk*, Bd. II, Zürich, Limmat, 1992) erschienen ist.

Das Huelsenbeck-Zitat im Kapitel »Umba, umba« findet sich in: Hannes Binder / Friedrich Glauser, *Dada,* Zürich, Limmat, 2015.

Die beiden Zitate am Ende des Kapitels »Etwas Wahres« stammen aus dem Roman *Himnaríki og helvíti* des isländischen Autors Jón Kalman Stefánsson.

Einige Worte, die Marianne von Werefkin im Kapitel »Nachtstück« spricht, finden sich in ihren zwischen 1901 und 1905 auf Französisch verfassten *Lettres à un Inconnu.* Auch die erwähnten Gemälde nehmen auf reale Werke der Künstlerin Bezug.

Ich habe mir ein Festival auf dem Monte Verità bei Ascona ausgedacht und auf meine Art beschrieben; in diesem Zusammenhang möchte ich nur erwähnen, dass dort oben tatsächlich alljährlich ein exzellentes Kulturereignis stattfindet (Eventi letterari Monte Verità).

Die Auszüge aus Zeitungsartikeln sind, wie im Text angeführt, authentisch. Es gibt keine realen Begebenheiten, die mit der Geschichte in Zusammenhang stehen. Abgesehen von Friedrich Glausers unvollendeten Fragmenten, in denen mehr oder weniger verdeckte Hinweise auf reale Personen zu finden sind, habe ich alles selbst erfunden. Selbstverständlich gibt es keinen Koffer voller Manuskripte. Wobei man sich nie ganz sicher sein kann … Der Witz an alten, mit Papieren vollgestopften Koffern besteht ja darin, dass sie gerade dann auftauchen, wenn man am wenigsten damit rechnet.

A. F. / September 2019

Anmerkungen der Übersetzerin

Die Kapitel »Erste Begegnung«, »Erinnerung«, »Vorrede«, »Unterbrochene Ferien«, »Die Mühle«, »Abend«, »Die Mühle und ihre Umgebung« folgen im Wortlaut dem letzten Band der vierbändigen Ausgabe des erzählerischen Werks von Friedrich Glauser: *Gesprungenes Glas*, Zürich, Limmat, 1993.

In den Kapiteln »Studer im Süden« und »Claus« wurden – soweit dies rückverfolgbar war – die deutschen Originaltexte Glausers herangezogen. Zitiert wird hier unter anderem aus dem im Arche Verlag erschienenen zweiten Briefband von Glauser, aus dem ebenfalls dort erschienenen Band *Dada, Ascona und andere Erinnerungen,* aus Glausers Lebenslauf vom 13.3.1934 sowie aus seinen Erzählungen »Morphium« und »Der Schlossherr von England«.

Die Marianne-von-Werefkin-Zitate im Kapitel »Nachtstück« folgen der deutschen Übersetzung ihrer *Lettres à un inconnu*, 1960 unter dem Titel *Briefe an einen Unbekannten* im Verlag DuMont Schauberg, Köln erschienen.

Die beiden Zitate am Ende des Kapitels »Etwas Wahres« aus Jón Kalman Stefánssons Roman *Himnaríki og helvíti* folgen der deutschen Übersetzung von Karl-Ludwig Wetzig, 2007 unter dem Titel *Himmel und Hölle* im Reclam Verlag erschienen.

An manchen Stellen wurden für die deutsche Übersetzung – bedingt durch das Wechselspiel zwischen den verschiedenen Sprachen – Fußnoten ergänzt bzw. fortgelassen oder verändert.

F. K. / Februar 2022

Foto: privat

ANDREA FAZIOLI, geboren 1978, studierte in Mailand und Zürich Romanistik und arbeitete als Radio- und Fernsehjournalist. Er ist leidenschaftlicher Saxophonspieler und Pfeifenraucher. Für seine Tessiner Kriminalromane um den eigenbrötlerischen Privatdetektiv Elia Contini wurde er mehrfach ausgezeichnet. Andrea Fazioli lebt in Bellinzona.